KB127879

리턴 마스터

리턴 마스터 11

류승현 장편소설

초판 1쇄 찍은 날 § 2018년 5월 11일
초판 1쇄 펴낸 날 § 2018년 5월 18일

지은이 § 류승현
펴낸이 § 서경석

총괄팀장 § 최하나
편집책임 § 이종식
디자인 § 신현아

펴낸곳 § 도서출판 청어람
등록번호 § 제387-1999-000006호
등록일자 § 1999. 5. 31
어람번호 § 제1-2898호

주소 § 경기도 부천시 원미구 부일로 483번길 40 서경B/D 3F (우) 14640
전화 § 032-656-4452 팩스 § 032-656-4453
http://www.chungeoram.com
E-mail § chungeorambook@daum.net

ISBN 979-11-04-91728-8 04810
ISBN 979-11-04-91429-4 (세트)

11

류승현 장편소설

리턴 마스터

도서출판 청어람

FUSION FANTASTIC STORY

리턴 마스터

Contents

99장 구덩이 속으로 007

100장 스케라 037

101장 엇갈리는 진실 065

102장 트로이 091

103장 귀환자 121

104장 빛이 없는 세계 151

105장 멸망한 도시와 바람의 계곡 183

106장 검은색 225

107장 그랜드 253

108장 아주 오래전 이야기 283

• 99장 •
구덩이 속으로

규호는 그 자리에 무릎을 꿇으며 소리쳤다.

"아오! 이 존나게 질긴 우주 괴수 같으니라고! 겨우 잡았네!"

"수고했어, 규호야. 물론 잡긴 내가 다 잡았지만."

엑페가 규호에게 다가가 손을 내밀었다. 규호는 혀를 쑥 내밀며 스스로의 힘으로 몸을 일으켰다.

"됐어, 아줌마. 나 혼자서도 할 수 있으니까."

"너 말이야, 누나라고 안 부르면 언제고 크게 후회할 날이 올 거다?"

엑페는 웃으며 경고했다. 규호는 피식 웃으며 고개를 끄덕였다.

"어이구, 무서워라. 네, 알겠습니다요, 엑페 누나? 누나라고 불러서 행복하십니까, 누나? 그러면 좀 젊어지는 기분이 나요? 80살 먹은 워울프에게 누나라고 불려서 참 좋겠수다, 누나?"

"…너도 참 애가 삐뚤게 자랐구나."

엑페는 눈을 흘기며 몸을 돌렸다.

"아무튼 겨우 잡았네. 조금만 더 빨리 왔어도 피해를 줄일 수 있었을 텐데 말이야."

그들이 서 있는 곳은 신성제국의 성도인 류브였다.

주한이 지구로 떠난 지 며칠 후, 이미 폐허가 된 레비의 대신전 부근에 새로운 몬스터가 나타났다.

몬스터의 정체는 이미 한 번 그곳에 나타난 적이 있던 공허 합성체였다.

정확히 어떤 경로로 다시 나타났는지는 모른다. 하지만 새로 나타난 공허 합성체는 엄청난 기세로 시가지를 향해 이동해 수천 명의 제국민을 학살했다.

이미 이빨이 빠진 제국으로선 막강한 공허 합성체를 쉽사리 당해낼 수 없었다.

결국 신 황제의 간곡한 요청이 엑페를 향했다. 뱅가드에 머물러 있던 엑페는 박 소위와의 논의 끝에 소수의 동료만 대동해 공허 합성체를 퇴치하기로 결정했다.

"하필이면 대장이 없는 틈에 우주 괴수가 나타나다니… 이

거 뭔가 노린 거 아닐까? 어떻게 생각해, 누나?"

규호가 엑페를 보며 물었다. 엑페는 손에 쥔 칼을 칼집에 집어넣으며 고개를 저었다.

"나라고 뭘 알겠니? 그나마 내 선에서 처리할 수 있으니 다행이지. 이런 몬스터가 동시에 세 마리쯤 나타나면 아무리 나라도 줄행랑을 칠 수밖에 없단다."

"그래도 검신이잖아? 소드 마스터면 이 정도는 쉽게 상대해야 하는 거 아냐? 이놈들은 내가 전생에 봤던 진짜 우주 괴수에 비하면 한참 작은 놈들이라고."

"그렇게 만만해 보이면 너 혼자 해결해 보렴. 이 누나 도움 없이 말이야."

"그건 아직 불가능하지만……."

규호가 뭔가를 더 말하려던 순간, 폐허가 된 도시 쪽에서 마법사 두 명이 빠르게 날아오며 소리쳤다.

"엑페 경, 규호 님! 큰일입니다!"

마법사는 크로니클사의 문양을 달고 있었다. 엑페는 분위기가 심상치 않다는 것을 느끼며 먼저 마법사들을 향해 달렸다.

"무슨 일이니? 어디 또 문제가 터졌어?"

"바, 방금 통신이 들어왔습니다. 링카르트 공화국에 있는 젠투의 대신전 부근에 또 다른 공허 합성체가 출몰했다고 합니다!"

이번에는 자유 진영이었다. 엑페는 한숨을 내쉬며 고개를 저었다.

"그거 큰일이네… 빨리 움직여야겠어. 그런데 젠투의 대신전이라고?"

"네, 엑페 경."

"거긴 그러니까… 전에도 그 몬스터가 출몰한 장소 아니니? 그때도 규호가 해치웠다고 들은 것 같은데."

"네, 바로 그 장소입니다. 회장님으로부터 연락이 왔습니다. 이미 텔레포트 게이트를 대기 중입니다. 최대한 빨리 현장으로 가주실 수 없겠습니까?"

마법사들은 사색이 되어 있었다. 엑페는 복잡한 표정으로 잠시 고민하다 소리쳤다.

"들었지, 규호야! 이번엔 링카르트 공화국이래! 늦으면 놔두고 갈 테니까 빨리 오렴!"

"그럴 수야 없지!"

규호는 즉시 지면을 박차며 달려왔다.

"누나 혼자 오러를 먹게 놔둘 수야 없지! 나 아직 쌩쌩하니까 빨리 가자고!"

"팔팔하니 보기 좋네."

엑페는 빙긋 웃으며 시가지 쪽으로 달리기 시작했다.

하지만 그녀의 마음은 마냥 밝지만은 못했다. 아무래도 숨어 있는 레비의 대신전의 잔당들이 슬슬 문제를 일으키기 시작한 것 같았다.

'아니면 공허 합성체가 출몰한 장소에 뭔가 문제가 생겼거나 말이지…….'

엑페의 표정은 금방 어두워졌다. 이럴 때 의지할 수 있는 것은 한 사람뿐이었지만, 그는 현재 다른 차원에서 자신의 임무를 수행 중이었다.

'빨리 돌아와 주한. 아무래도 레비그라스의 진짜 위기는 지금부터인 것 같으니…….'

*　　*　　*

"좋아. 충전이 완료됐다."

비샤는 비홀더와 연결된 장치에서 변환의 반지를 꺼내 내밀었다.

"사용해 본 소감은 어떻지? 쓸 만하던가?"

"이거 없었으면 큰일 날 뻔했습니다."

나는 펜블릭 시티에서 벌인 전투를 간략하게 설명했다. 비샤는 자기 대신관에 들어 있는 드가의 머리를 보며 말했다.

"도움이 되었다니 다행이군. 루나하이와 함께 백 년간 연구한 보람이 있어."

"드가는 어떻습니까?"

"안정됐어. 더 이상 약물에 의존하지 않고 깨어 있을 수 있으니까."

"하지만 육체가 없지 않습니까?"

"그래서 네트워크와 연결해 놨지. 저 안에는 루나하이가 쌓아온 끝도 없는 콘텐츠가 저장되어 있으니까. 하고 싶은 것만 골라서 해도 평생 동안 다 못할 거야."

"눈을 감고 있어서 잠들어 있는 줄 알았습니다."

무슨 콘텐츠인지 매우 궁금했다. 하지만 당장은 그런 데 신경 쓸 때가 아니었다.

일단 소모된 오러와 마력을 반지의 힘으로 꽉 채웠다. 비샤는 비틀거리는 나를 부축하려는 듯 다가왔다.

"괜찮나? 뭔가 부작용이라도?"

"잠시 어지러울 뿐입니다."

나는 텅 빈 반지를 손가락에서 뽑으며 말했다.

"그래도 아직 부족합니다. 마력과 오러를 거의 바닥까지 써 버려서요. 다시 충전해 주실 수 있겠습니까?"

"물론이지."

비샤는 곧바로 재충전 과정을 반복하며 물었다.

"그럼 다음엔 어디로 갈 건가? 아이릭시티? 스케라 구덩이?"

"가까운 곳부터 가려고 합니다."

"그렇다면 제국의 유산이군."

비샤는 번쩍거리며 돌아가는 충전기를 보며 말했다.

"지금 스케라 구덩이 근처엔 대군이 모여 있어. 약 2만 기의 로봇이 지키고 있지. 어쩌면 펜블릭시티를 기습하는 것보다 더 까다로울지도 몰라."

"기사단도 있을까요?"

"아마도."

비샤는 허공에 홀로그램 스크린을 띄우며 말했다.

"이건 무인 정찰 로봇이 촬영한 사진이다. 보시다시피 백만 명이 넘는 아이릭의 인간들이 현장에 투입되어 있어. 어쩌면 지금쯤 이미 새로운 기사가 탄생했을지도 모르겠군."

그것은 밑도 끝도 없는 인간들이 수십 개의 덩어리로 뭉쳐 대기 중인 사진이었다. 화질이 무척 나빴지만 대충은 알아볼 수 있었다.

"서둘러야겠군요. 그런데 정확히 뭘 해야 합니까? 혼자서 저 넓은 구덩이를 메울 수도 없는 노릇이고요."

"제국의 유산이란 스케라 구덩이에 설치된 초대형 승강기를 말하는 거다."

비샤는 홀로그램에 거대한 승강기를 띄우며 말을 이었다.

"결국 그 승강기를 파괴하면 된다. 엄청난 크기지? 여기에 한 번에 5만 명이 탈 수 있다."

"5만 명이 탈 수 있는 엘리베이터라……."

"지상과 연결된 와이어만 수천 개고, 고정 장치를 비롯한 기본 틀의 규모는 작은 도시급이다. 물론 전부 파괴하면 좋겠지. 하지만 여의치 않으면 이것만 파괴해도 된다."

곧바로 수백 명의 사람들이 앉아 스크린을 보고 있는 사진으로 바꿨다.

"이건 제국의 유산의 통제실이다. 250년 전의 자료 사진이지만… 지금도 비슷하겠지. 여기만 파괴하면 사실상 유산은 무력화된다고 할 수 있다. 구덩이 옆에 세워진 거대한 박스형 건물이니 금방 발견할 수 있을 거야."

"그렇군요."

나는 맵온에서 해당 시설을 확인하며 고개를 끄덕였다.

"구덩이가 워낙 크니 시설이 상대적으로 작아 보이는군요."

"실제로는 네가 파괴한 굴뚝 공장과 비슷한 크기다. 전부 파괴할 필요는 없어. 내부에 있는 통제실의 설비만 파괴하면 된다."

"어쩌면 펜블릭시티보다 쉬울 수도 있을 것 같습니다."

"정말인가?"

비샤는 놀란 눈으로 로봇들의 사진을 띄웠다.

"군대가 이렇게 많이 집결해 있는데?"

"정확히… 18,430기의 로봇이 있습니다. 약 87만 명의 사이보그도 있는데… 이건 유산에 들어가려고 대기 중인 민간인이겠죠."

"전에 말한 맵온의 힘인가? 마치 초정밀 위성 시스템 같군."

비샤는 혀를 내두르며 물었다.

"그래도 쉬울 것 같나? 저렇게 숫자가 많은데?"

"물론 전멸시키려면 어렵겠죠. 하지만 이번엔 제게 전술적인 유리함이 있습니다. 세 가지 목표 중에 하나만 제거해도 성공이니까요."

"세 가지?"

"승강기 자체를 파괴해도 되고, 승강기를 컨트롤하는 통제실을 파괴해도 됩니다. 그리고 그곳에 있는 레빈슨만 죽여도 성공입니다."

비샤는 잠시 입을 다물고 날 바라보았다.

"…레빈슨이라면 네가 쫓고 있다는 그 신관 말인가?"

난 고개를 끄덕였다. 비샤는 충전기에서 반지를 꺼내 다시 돌려주며 말했다.

"그건 너의 성공이지 우리의 성공은 아니다. 하지만 알겠다. 그 정도는 우리도 이해하도록 하지. 제국의 유산은 언제라도 파괴할 수 있으니까."

"가능한 유산의 파괴도 함께 진행하겠습니다. 어쨌든 이쪽이 마음은 더 편합니다. 적의 규모와 위치가 확실하니까요."

"혹시 지원이 필요하다면 말해라."

비샤는 마치 로봇처럼 손목을 빙글 돌리며 말했다.

"지금이라면 나도 나가서 싸울 수 있다. 이틀 정도라면 스케라 중독을 일으키기 전에 돌아올 수 있겠지."

"당신은……."

나는 비샤를 다시 한번 스캐닝하며 물었다.

"어떤 타입입니까?"

"뭐?"

비샤는 놀란 눈으로 되물었다.

"갑자기 그건 왜 묻지? 물론 내 타입은 처음부터 확실했다. 그러니까… 사이보그화가 안 된 순수한 인간이지. 하지만 그런 건 오래전에 이미 포기한……."

나는 쓴웃음을 지으며 고개를 저었다.

"아니, 전투 타입 말입니다."

순간 비샤의 얼굴이 경직되었다.

그리고 잠시 후, 그녀는 고개를 숙이며 폭소를 터뜨리기 시작했다.

"풉… 푸하하하하하하하하! 난 또 뭐라고! 하하하하하하하!"

"제 질문이 오해의 소지가 있었군요. 죄송합니다."

"아니, 상관없다. 덕분에 오랜만에 빵 터졌군. 나도 늙어서 주책이지. 요즘 올더 랜드를 자유롭게 돌아다니다 보니 마음이 풀어진 모양이다."

그녀는 눈물까지 흘리며 웃었다. 나는 마음이 약간 풀어지는 것을 느끼며 말했다.

"마음을 읽고 있진 않은 모양이군요. 그랬다면 곧바로 뜻을 이해했을 테니까요."

"내 인생을 되찾아준 은인에게 그런 실례를 할 수는 없지. 선물도 줬고 말이야."

비샤는 아직도 내가 준 미군의 군복을 입고 있었다.

비록 사이즈가 맞지 않아 옷이 헐렁거렸지만, 그녀는 그것이 무척이나 마음에 든 모양이었다.

"내 전투 방식은 올라운드 타입이다. 접근전도 가능하고 원거리 포격전도 가능해. 에피키언스만큼은 아니지만 스케라 빔의 출력도 상당하다."

바로 그 에피키언스의 최대 출력 스케라 빔에 죽은 적도 있다.

나는 가벼운 오한을 느끼며 고개를 끄덕였다.

"알겠습니다. 최대한 감안해서 습격 작전을 짜도록 하겠습니다. 자칫하면 대어를 놓칠 수도 있으니… 최대한 빠르게 움직이는 게 좋겠군요."

* * *

올더 랜드를 나와 사막용 버기를 타고 움직인 지 5분쯤 지났을 무렵.

"망할……."

나는 욕지거리를 내뱉으며 입술을 깨물었다.

방금 전까지만 해도 스케라 구덩이 주변에 깜빡이던 '빛의 사도'가 갑자기 사라졌다.

'역시 레빈슨도 같은 방식으로 날 파악하고 있다. 한 번에 아이릭 본사까지 돌아가 버렸군.'

확실히 영악한 인간이다.

나는 그자와 처음이자 마지막으로 만났던 기억을 떠올렸다.

레비그라스의 얼음 대륙에 세워진 비밀 거점의 지하.

레빈슨은 그곳에서 차원의 문을 열어놓은 채 반대편에서 날 기다리고 있었다.

물론 둘 사이에 놓인 차원의 벽 때문에 내 공격은 통하지 않았다.

하지만 그렇다 해도, 레빈슨이 상당한 리스크를 안고 있다는 것은 자명했다.

그는 그렇게 해서라도 나를 직접 만났어야 했던 것이다.

'결국 내 특별한 종족값을 파악하기 위해서 벌인 일이다. 그래야 내가 주변에 접근하는 걸 미리 감지할 수 있을 테니까.'

물론 상대도 똑같이 한다는 위험 부담이 있지만, 레빈슨은 자신이 가진 전이의 각인의 특별한 힘을 믿었다.

'내 전이의 각인과 레빈슨의 전이의 각인은 다르다. 단지 등급이 다른 게 아니라… 관련된 신의 편애를 받고 있어.'

분명 누구보다 대기 시간도 빠르고, 성공률도 완벽하며, 내가 모를 더 특별한 무언가를 가지고 있을 것이다.

반면 나는 관련된 신의 저주를 받고 있다.

물론 레비는 두 번 다시 이런 일이 없을 거라 했다.

하지만 내가 이 오비탈 차원에 오게 된 것 자체가 레비의 술책 때문이다. 앞으로 또 무슨 수작을 걸어올지 장담할 수 없는 노릇이다.

'하지만 결론적으론 잘된 일일지도 모른다. 결국 오비탈 차원이 보이디아 차원의 전진기지가 되는 걸 막게 되었으니까…….'

생각이 거기에 미친 순간, 나는 등줄기에 소름이 돋는 것을 느꼈다.

'처음부터 빛의 신은 그걸 노린 게 아닐까? 날 죽이기 위해서 이곳으로 부른 게 아니라… 날 이용해 펜블릭을 제거하기 위해서?'

난 식은땀을 흘렸다.

마치 보이지 않는 실이 내 몸에 이어져 있는 것 같았다.

그 실을 잡고 꼭두각시처럼 조종하는 것은 바로 레빈슨이었다.

정확히는 레빈슨의 모습을 하고 있는 빛의 신…….

"표정이 어두워 보이는군."

옆에 타고 있던 비샤가 어깨를 툭 건드렸다. 나는 식은땀을 닦으며 고개를 저었다.

"아닙니다. 맵온으로 확인하니 레빈슨이 사라져서 잠시 당황했습니다."

"그자는 텔레포트를 사용한다고 했던가?"

"네, 한 번에 아이릭시티로 도망쳤군요."

"대단하군. 텔레포트는 오비탈 제국의 과학으로도 완성하지 못한 기술이다. 레비그라스라는 차원도 특정한 분야는 매우 발달한 모양이군."

"과학이 아니라 마법입니다. 어쨌든 잡으려면 꽤나 골치 아플 것 같습니다."

나는 레빈슨을 포획하기 위한 수많은 계략을 머릿속에 떠올렸다.

비샤는 나를 한참 동안 보다 피식 웃었다.

"왜 그러십니까?"

"너는 포기란 걸 모르는 것 같군. 잠깐이지만 그 레빈슨이라는 자가 불쌍해졌다."

"그 새끼를 불쌍하게 여길 거면 차라리 썩은 구더기를 불쌍하게 여겨라."

순간 뒷자리에 앉아 있던 슌이 격한 반응을 보였다. 비샤는 가벼운 얼굴로 뒤를 돌아보며 사과했다.

"미안하군. 너에 대한 이야기는 대충 들었다."

"만약 내 앞에 레빈슨의 시체가 있다면… 그게 아무리 썩어 문드러졌더라도 뼛조각 하나까지 전부 씹어 먹을 거다. 부디 빠른 시일 내에 그날이 오면 좋겠군."

슌은 팔짱을 낀 채 뒷좌석에 등을 기댔다. 나는 작게 한숨을 내쉬며 모래 먼지로 뿌연 정면을 바라보았다.

* * *

모든 작전의 기본은 적이 아군의 작전을 잘못 판단하도록 유도하는 것이다.

그것을 기만이라 한다.

그리고 기만을 유도하는 가장 손쉬운 방법은 양동(陽動)이다.

먼저 스케라 구덩이 주변에 포진한 약 2만 기의 로봇을 서쪽으로 유인한다.

이 역할을 맡은 것은 비샤와 슌이다. 그들이 최대한 화려하게 적의 눈길을 자신들 쪽으로 이끄는 걸로 작전이 시작된다.

여기서 2차 양동부대가 구덩이의 동쪽을 향한다.

일명 '제국의 유산'이라 불리는 초대형 승강기가 바로 구덩이의 동쪽에 설치되어 있다.

그렇게 되면 적들은 다시 동쪽으로 돌아오거나, 혹은 병력을 양분하여 동서로 갈라질 것이다.

여기서 핵심은 적이 어떤 반응을 보여도 상관없다는 것이다. 처음부터 내 목표는 구덩이의 남쪽에 위치한 통제실이었으니까.

콰과과광…….

마침 멀리 서쪽으로부터 희미한 폭음이 울려 퍼졌다.

'비샤와 슌이 시작했나 보군.'

나는 희뿌연 모래 먼지로 가득한 구덩이의 풍경을 멀리서 바라보았다.

이제는 2차 양동부대를 투입할 시간이다.

물론 올더 랜드에서 출발한 건 나와 비샤와 슌뿐이다. 나는 심호흡을 하며 마음속으로 소리쳤다.

'아쿠렘의 권속!'

그러자 눈앞에 새로운 문장이 나타났다.

[아쿠렘의 권속을 소환하기 위해 얼마큼의 마력을 사용하시겠습니까? 단위는 100단위입니다.]

여기서부터가 문제다.

내 마력의 최대치는 406이고, 아쿠렘의 금고 속에는 812의 마력이 보관되어 있다.

합계 1,200의 마력을 투자하면, 과거 신성제국의 성도인 류브에서 소환했던 것보다 더 크고 강력한 워터 드래곤을 불러낼 수 있을 것이다.

'그때는 800의 마력으로 불러낸 드래곤이 우주 괴수와 비슷하게 싸웠다.'

하지만 압도하진 못했다. 나는 개미 떼처럼 엄청난 숫자의 로봇들이 서쪽으로 몰려가는 것을 보며 결정을 내렸다.

'천구백!'

그러자 새롭게 경고문이 나타났다.

[현재 보유한 마력의 최대치는 1,218입니다. 1,200 이상의 마력은 사용하실 수 없습니다.]

'곧바로 마력이 회복될 거다. 약간의 딜레이는 있겠지만 그렇겐 안 될까?'

[실패할 경우 후유증으로 사망할 수도 있습니다. 그래도 하시겠습니까?]

죽는 건 상관없다. 5분 전으로 돌아가서 다시 시작하면 되니까.

나는 곧바로 변환의 반지를 작동시키며 입으로 말했다.

"천구백의 마력으로 아쿠렘의 권속을 불러낸다."

그리고 변환의 반지를 입가로 가져가며 말했다.

"내 마력이 소모된 순간, 두 개 반지분의 스케라를 마력으로 회복시켜 줘."

반지는 곧바로 대답했다.

—반지 두 개분의 스케라를 마력으로 변환하면 704의 마력이 회복됩니다. 소유자의 마력의 최대치는 406입니다. 최대치를 넘어서는 만큼의 마력은 회복할 수 없습니다.

"괜찮으니까 그렇게 해!"

그 순간, 눈앞의 공간이 일렁거렸다.

그리고 나를 중심으로 사방 수백 미터의 공간에 맹렬한 속도로 물방울이 맺히기 시작했다.

그리고 나는 무릎을 꿇었다.

"크……."

보유한 모든 마력이 순간 소멸하고, 그와 동시에 변환의 반지에서 대량의 마력이 엄청난 기세로 쏟아져 들어온다.

그리고 쏟아지는 마력은 마치 가뭄에 내리는 가랑비처럼 순식간에 사라졌다.

온몸의 혈관에서 피가 거꾸로 치솟는 기분이다.

나는 이를 악물며 통증을 견뎌냈다.

그렇게 악몽과도 같은 몇 초가 지나자, 온 세상에 가득 찬 물방울이 하나로 집결하기 시작했다.

푸화아아아아아아아아아아아아아아악!

물방울이 뭉치는 기세는 마치 폭풍처럼 맹렬했다.

그렇게 모래 폭풍이 휘몰아치는 사막 한가운데 거대한 드래곤이 소환되었다.

전장은 약 70미터.

어찌나 거대한지 한참 떨어져도 한눈에 다 안 잡힌다.

두꺼운 네 다리가 거대한 몸을 지탱하고 있지만, 등에 돋은 날렵한 두 장의 날개가 언제라도 날아갈 것처럼 활짝 펼쳐져 있다.

물론 이것은 진짜 드래곤이 아니다. 나는 천천히 몸을 일으키며 내가 만들어낸 거대한 예술 작품을 스캐닝했다.

이름: 최상급 물의 정령(드래곤)

종족: 정령, 군주

레벨: 38

특징: 물의 정령왕, 아쿠렘의 힘이 깃든 정령. 생성 직후 (19)분 동안 주인의 명령에 따른다.

근력: 1,900(1,900)

체력: 190(190)

내구력: 1,900(1,900)

정신력: 99(99)

항마력: 1,900(1,900)

특수 능력

오러: 0

마력: 1,900(1,900)

신성: 0

저주: 0

고유 스킬: 군주의 포효. 워터 브레스

마법: 물(10종류)

"근력이 1,900이라……."

대체 얼마나 강력한 힘을 가지고 있는지 상상하기 어려웠다.

드래곤은 자신의 힘을 과시하기라도 하듯, 긴 목을 하늘로 치켜세우며 날카롭게 포효했다.

―쿠오오오오오오오오오오오오오오!

그것은 내게만 들리는 포효였다. 나는 심장이 빠르게 뛰는 것을 느끼며 드래곤에게 명령했다.

"스케라 구덩이를 중심으로 동쪽에 있는 적을 공격하라. 목표는 구덩이로 들어가는 승강기다. 하지만 승강기의 파괴에 전념하지 말고 최소한 19분은 버텨줘야 한다."

과연 드래곤이 이런 복잡한 명령을 수행할 수 있을까?

지금으로선 믿는 수밖에 없었다. 워터 드래곤은 명령과 동시에 소리 없이 공중으로 날아올랐다.

그러고는 목표로 정한 적진을 향해 빠른 속도로 비행했다.

"잘 부탁한다……."

나는 한숨을 내쉬었다.

그리고 시공간의 주머니에서 마력 회복 포션을 꺼내 미친 듯이 들이켰다.

'이것도 이제 얼마 안 남았군. 빨리 레비그라스로 돌아가서 보급을 받아야 할 텐데…….'

그렇게 30여 초 만에 200까지 마력을 회복했다. 아직 변환의 반지가 하나 남아 있지만, 그건 나중을 위해 아껴놓을 필요가 있었다.

그 순간, 2차 양동부대가 목표 지점을 향해 폭격을 시작했다.

푸화아아아아아아아아악!

그것은 거대한 폭포를 연상시키는 워터 브레스였다. 나는 맵온을 통해 적군의 이동을 확인한 다음, 마음속으로 천천히 10까지 숫자를 셌다.

그리고 병력이 쭉 빠진 통제실을 향해 달리기 시작했다.

* * *

통제실 주변에 남아 있는 로봇의 숫자는 약 800기였다.

콰과과과과과과과과과과과광!

나는 오러 실드를 내밀고 적의 집중포화를 막아냈다. 적의 주력 병기는 핸드캐논으로, 한 발 한 발이 어지간한 지구의 전차포보다 강력했다.

물론 견딜 만했다. 나는 바로 정면을 막아선 적들만 몸으로 뚫은 다음, 그대로 정면에 보이는 통제실 건물을 향해 돌진했다.

콰광!

그냥 몸으로 벽을 뚫고 난입했다.

그리고 난입과 동시에 밖으로 튕겨 날아갔다.

콰과과과과과광!

'뭐지?'

순간 화력이 엄청났다. 눈 깜짝할 순간에 100미터를 튕겨난 나는 곧바로 균형을 잡으며 정면을 응시했다.

그곳엔 기사단이 있었다.

"뮤린……."

그는 펜블릭의 두 번째 기사인 뮤린이었다.

통제실 1층의 넓은 로비에 자리를 잡고, 길이가 5미터쯤 되는 정체불명의 대포를 장전하고 날 기다리고 있었다.

뮤린은 얼굴 자체가 존재하지 않는 비인간 형태의 사이보그였다.

얼핏 보면 손발이 달린 작은 전투기처럼 생겼다. 그는 능숙한 움직임으로 대포를 재장전하고 빠르게 작동시켰다.

그와 동시에 나는 반사적으로 몸을 옆으로 기울였다.

우웅!

동시에 관자놀이 근처로 무언가 엄청난 것이 스치며 지나갔다.

'뭔 놈의 탄두의 속도가… 혹시 레일건인가?'

어찌나 빠른지 보고 피할 수 없었다. 그저 포구의 방향을 보고 짐작해서 몸을 기울였을 뿐이다.

"……"

뮤린은 움찔하며 다시 포탄을 장착했다. 동시에 사방에 포진한 로봇들이 핸드 캐논을 퍼부어대기 시작했다.

콰과과과과과과과과과광!

나는 지면을 박차며 다시 한번 통제실을 향해 질주했다.

'비샤의 정보에 따르면… 뮤린은 원거리 포격형이다. 일단 붙으면 손쉽게 제거할 수 있어.'

그렇게 거리가 절반까지 가까워진 순간, 뮤린은 세 번째 포탄을 발사했다.

그리고 나는 내가 가진 최고의 방어 마법으로 응수했다.

'노바로스의 방벽!'

동시에 창과 방패가 충돌했다.

우우우우우우우우우웅!

승리는 방패였다. 노바로스의 방벽은 그 어떤 반작용 없이 깔끔하게 적의 포탄을 막아냈다.

그 탓에 10초를 버티는 방벽이 2초 만에 사라졌지만.

촥!

그 2초 사이에 나는 뮤린의 목을 칼로 베어 넘겼다.

하지만 적은 아무렇지도 않게 내 쪽으로 몸을 회전했다. 아무래도 날아간 머릿속에 뇌가 없든가, 혹은 있더라도 무선으로 계속 연결되어 육체를 컨트롤할 수 있는 모양이다.

물론 전부 예상한 바였다.

촤!

촤악!

먼저 날아간 머리통을 네 조각으로 베어버린 다음.

우우우우우우우웅!

적의 양 손바닥의 구멍으로부터 날아오는 반투명한 은색의 빔을 미리 예측해 피했다.

콰과과과과과과과과과광!

덕분에 등 뒤에서 맹렬한 폭발이 일어났다. 나는 개의치 않고 하얀 연기를 뿜는 적의 양팔을 엑스 자로 잘라 버렸다.

콰직!

그리고 두꺼운 사이보그의 몸통에 수평으로 칼을 찔러 넣었다.

그러자 적이 정지했다.

칼을 뽑아낸 구멍으로 뇌수가 섞인 액체가 흘러나왔다. 뮤린은 머리가 아닌 몸통의 중심부에 뇌를 보관하고 있던 것이다.

'그냥 정확히 한가운데를 찔렀을 뿐인데… 운이 좋군.'

확실히 운이 좋았다.

왜냐하면 뮤린이 마지막으로 날린 스케라 빔에 의해 통제실의 대부분이 폭발해 날아가 버렸기 때문이었다.

더 이상 내가 건드릴 필요도 없을 정도였다. 나는 폭발과 화염 속에 몸부림치며 기어 나오는 사이보그들을 지켜보았다.

'통제실에서 일하던 아이릭의 직원들인가?'

일부러 그들을 죽이고 싶진 않았지만, 그렇다고 손을 써서 살려줄 마음도 안 들었다.

그 순간, 머릿속에서 목소리가 울려 퍼졌다.

—들리나, 주한? 비샤다. 작전은 어떻게 됐지?

스케라 농도가 높아서 그런지 목소리가 심각할 정도로 지직거렸다. 나는 즉시 반지에 대고 소리쳤다.

"통제실을 파괴했습니다! 작전 성공이니 곧바로 퇴각하세요!"

—이미 퇴각 중이다. 이쪽은 까다로운 상대가 있어서 계속 싸우기 곤란했다. 그래도 작전이 성공했다니 다행이군.

"까다로운 상대요?"

—그러니까…….

순간 잡음이 심해지며 통신이 끊겼다. 나는 한숨을 내쉬며 죽은 뮤린의 시체를 바라보았다.

'이것도 몸통은 스케라 합금으로 만들어졌겠지? 꽤 귀한 금속이라니 가지고 가볼까?'

뮤린의 몸통은 엄청나게 무거웠다. 어찌나 무거운지, 근력은 충분하다 해도 무게중심을 제대로 잡지 않으면 위로 들어

올릴 수가 없었다.

그런데 그 순간, 몸이 뒤쪽으로 끌리기 시작했다.

'뭐지?'

그와 동시에 무너지는 통제실 전체가 지면으로부터 뜯겨 날아갔다.

"큭!"

나는 지면을 박차며 밖으로 몸을 날렸다.

하지만 날아가던 몸이 공중에서 멈췄다.

마치 쇠붙이가 강력한 자석에 끌리듯, 공중에 멈춘 내 몸은 그대로 뒤쪽으로 끌려 날아가기 시작했다.

휘이이이이이이이이이이이이익!

그것은 소용돌이였다.

온 세상을 끌어당기는 강력한 폭풍의 소용돌이가, 스케라 구덩이 주변에 있는 모든 것을 무차별적으로 집어삼키기 시작했다.

'대체 무슨 일이야!'

나는 당황하면서도 즉시 오러 윙을 전개했다.

하지만 역부족이었다. 나는 마치 토네이도에 휘말린 참새처럼 하릴없이 소용돌이 중심부를 향해 말려 들어갔다.

밑도 끝도 없이 새카만 스케라 구덩이 속으로…….

*　　*　　*

슌은 하늘 높이 치솟은 토네이도를 보며 경악했다.

"이런 망할! 대체 무슨 일이 벌어지는 거야!"

토네이도의 발생원은 바로 스케라 구덩이였다.

스케라 구덩이가 거대한 만큼, 그곳을 꽉 채운 토네이도 역시 행성급의 규모를 자랑했다.

"저 정도 토네이도라면 달에서도 보이겠군."

비샤는 허탈한 얼굴로 중얼거렸다. 이미 현장으로부터 20㎞ 이상 멀어져 있음에도 균형을 잡지 않으면 빨려 들어가는 폭풍에 쓰러질 지경이었다.

"빌어먹을! 지금 무슨 한가한 소리 하고 있어! 주한이 저 안에 있다고! 빨리 가서 구해야지!"

"나도 그렇고 싶다만……."

비샤는 완전히 뜯겨 날아간 자신의 오른팔을 바라보며 고개를 저었다.

"무리다. 지금 당장은 안 돼."

"지금 부상당했다고 그러는 거야? 어차피 기계 팔이 날아간 것뿐이잖아!"

"팔은 상관없다. 지금 가까이 가면 우리도 저 회오리에 빨려 들어갈 뿐이야."

"젠장!"

슌은 들고 있던 광선검을 바닥에 집어 던지며 소리쳤다.

"그래서 어쩌자고! 그냥 주한을 죽게 내버려 두자는 거야?"

"섣부른 생각이다. 저 정도로 죽을 인간이라면 벌써 죽었겠지. 우린 회오리가 사라질 때까지 기다려야 해. 그다음에 구하러 구덩이 속으로 내려가야지."

비샤는 얼음처럼 냉정하게 말했다.

하지만 그녀의 몸은 눈에 보일 정도로 심하게 떨고 있었다. 슌은 그녀의 악다문 입술에서 피가 흐르는 것을 보며 한숨을 내쉬었다.

"그럼 여기서 기다려?"

"일단 올더 랜드로 돌아간다. 거기서 부품을 교체하고 재정비를 한 다음에… 다시 와야지."

비샤는 즉시 몸을 돌렸다. 올더 랜드를 나선 지 고작 한나절밖에 지나지 않았지만, 그녀의 두뇌에 새롭게 축적된 스케라는 이미 한계에 닿아 있었다.

"지금까지 이런 적은 한 번도 없었다. 무언가… 우리가 알지 못하는 무언가가 이 행성에서 시작된 거야."

• 100장 •
스케라

모든 것이 평등하게 빨려 들어가고 있다.

산산조각 난 통제실도, 전투 중이던 로봇들도, 기사단이 되길 꿈꾸며 근처에서 대기하고 있던 사이보그 인간들도.

그리고 나도.

휩쓸리는 속도가 너무 빨라 정신을 차릴 수가 없다.

어디가 위인지, 아래인지 구분하는 것조차 불가능했다.

이런 상황에서는 내가 아무리 강해도 의미가 없다. 무언가 단단한 지지대가 있다면 모를까, 내가 빠진 구덩이 속의 허공엔 발붙일 곳이 전혀 없었다.

그때 거대한 철판이 날아왔다.

파괴된 제국의 유산의 일부분이었다. 나는 몸을 웅크린 채 날아오는 철판을 몸으로 받아냈다.

콰직!

철판은 엄청난 기세로 날 튕겨냈다. 튕겨 나간 나는 다시 맹렬한 소용돌이의 기류에 휘말려 고속으로 회전하기 시작했고, 동시에 박살 난 수천 개의 잔해들과 같은 공간에서 파편처럼 휘몰아쳤다.

누군가 거대한 세탁기 속에 수많은 잡동사니를 집어넣고 돌린 것 같다.

나도 함께.

그때 무언가의 포효가 들렸다.

—쿠오오오오오오오오!

워터 드래곤이었다.

드래곤은 그 와중에도 주변에 있는 로봇들을 공격하고 있었다. 나는 어처구니없는 표정으로 그것을 바라보다, 갑자기 사방이 캄캄해지는 것을 느꼈다.

모르는 사이, 구덩이의 좀 더 깊은 곳으로 빨려 들어왔다.

기본적으로 엄청난 속도로 회전 중이라 내가 위치한 높낮이를 파악하는 게 어렵다. 나는 현기증과 메스꺼움을 참으며 필사적으로 이 기류에서 빠져나갈 방법을 떠올렸다.

'오리 윙의 추진력으로는 이 회오리 속을 빠져나갈 수 없다. 어떻게 하지? 이대로 구덩이의 밑바닥에 처박혀야 하나?'

그 순간, 마구잡이로 워터 브레스를 뿜어내던 드래곤이 거품으로 변하며 소멸했다.

'뭐지?'

벌써 19분의 지속 시간이 다 지났을 리는 없다.

그렇다면 가진 힘을 다 소모했거나, 혹은 외부의 피해로 인해 내구력이 바닥난 것이다.

'딱히 피해를 입은 것처럼 보이진 않았는데… 뭔가 다른 이유가 있나?'

동시에 내 몸에도 이상기류가 감지됐다. 나는 불길함을 느끼며 스스로를 스캐닝했다.

마력이 줄어들고 있다.

아무것도 하지 않았는데 자동적으로 줄어든다. 나는 급한 대로 아이시아의 방호를 사용해 스스로의 내구력을 상승시켰다.

'아무것도 안 했는데 사라지는 것보다는… 이거라도 해놓는 게 좋겠지.'

그리고 마지막 모험을 하기 위해 내가 만들 수 있는 가장 크고 강력한 오리 윙을 전개했다.

파지지지지직!

하지만 안 만들어졌다.

정확히는 만들어지자마자 소멸했다. 그것을 시작으로 마력

뿐만 아니라 오러까지 빠른 속도로 줄어들기 시작했다.

모든 에너지가 사라지고 있다.

'이건 돌이킬 수 없을지도 모른다.'

나는 본능적인 공포를 느꼈다. 재빨리 칼날에 오러 소드를 전개했지만, 오러 윙과 마찬가지로 완성되지 못한 채 소멸해 버렸다.

방금 전에 사용한 아이시아의 방호의 효과도 갑자기 사라졌고, 통제실을 습격할 때 발동시켜 놓은 노바로스의 강화의 효과도 사라졌다.

모든 게 사라지고 있었다.

덕분에 자살조차 할 수 없었다.

나는 모든 특수 능력을 박탈당한 채, 끝도 없는 구덩이 속으로 빨려 들어가며 의식의 밑바닥으로 가라앉았다.

'잠깐… 그냥 이대로 죽어도 죽는 건 마찬가지 아닌가?'

나는 정신이 아득해지는 순간에 마지막으로 희망을 품었다.

이 구덩이가 가진 정체불명의 힘이 날 죽이려 한다면, 나는 저항하지 않고 그대로 죽어주면 된다.

그러면 5분 전으로 돌아갈 수 있을 테니까.

'잠깐, 저번에 죽었을 때 5분이 아니라 2분 전이었는데…….'

*　　　*　　　*

하지만 죽지 않았다.

가까스로 정신을 차린 나는 힘겹게 몸을 일으켰다.

대체 여긴 어딜까?

물론 앞뒤 정황을 생각하면 스케라 구덩이의 밑바닥일 것이다.

하지만 온 세상이 캄캄해서 아무것도 구분할 수 없었다. 나는 고개를 치켜들고 하늘을 응시했다.

'아무리 그래도 위쪽에서 빛이 들어와야 할 텐데…….'

하지만 한 줄기의 빛도 안 보인다.

내가 감지할 수 있는 것은 그저 공기가 대단히 탁하다는 것, 그리고 내가 서 있는 곳이 뭔가 날카롭고 뾰족한 것들의 집합체로 이뤄져 있다는 것뿐이었다.

'오러를 발동시켜도 빛이 생기고, 화염계 마법을 써도 빛을 만들 수 있다. 하지만…….'

문제는 지금 내가 가진 모든 특수 스텟이 제로라는 것이었다.

오러: 0(668)

마력: 0(406)

신성: 0

저주: 0(42)

스케라: 0(0)

평생 쓴 적도 없는 저주 스텟까지 0이 되었다는 것은 이상했다. 나는 소매로 입을 가린 채 심호흡을 하며 생각했다.

'이 구덩이 속에는 인간이 가진 모든 특수 스텟을 빨아들이는 힘이 있는 걸까? 어째서? 그냥 스케라가 분출되는 구덩이 아니었나?'

나는 생각난 김에 감정의 각인을 발동시키고 '스케라'를 검색했다.

[사용자를 중심으로, 반경 10㎞ 내의 스케라의 농도는 오비탈 평균치의 4,955퍼센트. 현재 해당 지역 마나의 농도는 빠르게 성장 중.]

나는 경악했다.

지금 이곳엔 오비탈 평균의 50배에 달하는 농도의 스케라가 응축되어 있다.

기분 탓인지 갑자기 두통이 느껴졌다. 나는 시공간의 주머니 속에 손을 집어넣으며 생각했다.

'뭔가 빛을 낼 만한 게 없나?'

곧바로 자동차가 떠올랐다.

하지만 시공간의 주머니에서 자동차를 넣고 꺼내는 것은 상당한 고역이다. 나는 일단 캔 커피 하나를 꺼내 마시며 마음을 가라앉혔다.

혹시나 해서 변환의 반지를 만져봤다. 예상대로 충전되어 있던 스케라도 사라졌고, 내장된 통신 기능도 작동하지 않았다.

그때, 멀리서 폭발하는 듯한 소음이 울렸다.

콰과과과과과광!

동시에 진한 청색의 빛이 사방으로 솟구친다. 뭔가가 잡동사니 속에 묻혀 있다가 정신을 차리고 밖으로 뛰쳐나온 모양이다.

'나 말고 생존자가 있나?'

나는 재빨리 빛이 보이는 쪽으로 달렸다.

그리고 얼어붙은 듯 멈췄다.

그것은 융합체였다.

펜블릭 시티에 나타났던 두 지구인 사이보그의 융합체처럼 차마 말로 형용할 수 없는 기괴한 형태의 괴물이 그곳에 웅크리고 있다.

심지어 머리가 세 개였다. 나는 간담이 서늘해지는 것을 느끼며 스캐닝을 발동했다.

이름: 브라우닝, 젤롭, 아크론사

레벨: ?

종족: 지구인, 오비탈인, 사이보그, 융합체

여기까지만 봤는데도 몸서리가 쳐졌다.

이번에는 세 명의 인간을, 그것도 지구인과 오비탈인을 동시에 융합했다.

나는 몸이 경직되는 것을 막기 위해 일부러 중얼거렸다.

"비샤가 말했던 까다로운 상대가… 바로 저건가?"

녀석은 길게 돋아난 열두 개의 팔다리를 곤충처럼 움직이며 몸부림치기 시작했다.

꺄갸갸갸갹! 꺄갸갸갸갸갼!

그륵… 그르르륵…….

히히히히, 히히에헤헤헤…….

서로 다른 세 개의 괴성이 동시에 울려 퍼진다.

나는 공포보다 더 끔찍한 혐오감에 전율했다.

도저히 용납할 수 없다.

세상에 저런 것이 존재한다는 것 자체를.

그래서 돌진했다.

그나마 다행인 점은 적의 기본 스텟이 이미 심각할 정도로 하락했다는 것이다.

아마도 여기까지 휘말려 추락하는 과정에서 심각한 손상을 입은 모양이다.

혹은 그전의 전투에서 비샤와 슌의 공격에 치명상을 입은 걸 수도 있다.

'몰라. 아무래도 상관없어.'

나는 그 어떤 강화도 없이 순수한 내 힘만 가지고 지면을 박차며 적을 향해 뛰어올랐다.

파삭!

지면이 부스러진 탓에 도움닫기에 힘이 부족했다.

'아, 젠장!'

하지만 적의 상태는 그보다 심각했다.

우웅!

녀석은 가까스로 유지하던 오러를 마침 전부 소모했다. 덕분에 강화된 기본 스텟이 사라져 한층 더 약화됐다.

물론 내겐 희소식이었다.

'한 방에 끝내야 해.'

도약력 부족으로 중간 지점에 착지한 나는 그대로 몸을 숙인 채 적을 향해 질주했다.

꺄갹! 꺄갸갸갸갹!

녀석은 그 와중에도 날 인식하지 못한 채 고통스러운 듯 몸부림을 치고 있었다.

오러는 꺼졌지만 눈에서 빛을 뿜고 있다. 나는 그것을 등대 삼아 가장 가까운 적의 목덜미에 칼을 내려쳤다.

콰직!

하지만 적의 목은 날아가지 않았다.

내 칼은 한 뼘 정도 적의 목에 박힌 채 꿈쩍도 하지 않았다.

'망할!'

그리고 겨우 깨달았다. 오러 소드를 발동시키지 않은 상태로는 아무리 막강한 근력이 있다 해도 칼로 금속을 베기 어렵다는 사실을.

나는 급한 대로 녀석의 머리를 끌어안고 몸 전체를 비틀어 당겼다.

꽈드드드드드드드득!

끔찍한 소리와 함께 적의 머리가 금속으로 된 척추의 일부와 함께 뽑혀 나왔다.

그르르륵! 그륵그륵!

적은 괴성을 지르며 몸부림쳤다.

이 와중에도 남은 두 개의 머리는 내 존재를 인식하지 못하고 있었다.

'감각이 마비된 건가? 아니면 서로의 신경이 연결되어 있지 않나?'

어쨌든 당장 남은 머리를 뽑아내는 건 무리다.

나는 일단 뒤로 물러났다. 그리고 새롭게 무기로 쓸 만한 것을 떠올렸다.

'아, 광선검이 있었지!'

나는 뒤늦게 광선검의 존재를 떠올리며 재빨리 꺼냈다.

지이이이이이이이잉!

그리고 무기를 작동시킨 순간.

그륵! 그륵!

방황하던 두 머리의 시선이 내게 집중됐다.

'어째서?'

적은 곧장 내 쪽으로 몸을 날렸다.

그르르르르르르륵!

나는 급한 대로 몸을 옆으로 날렸다.

콰과과과과과광!

녀석은 내가 서 있던 장소를 온몸으로 덮친 다음, 열두 개의 팔다리를 마구 휘젓기 시작했다.

'뭔가 감지했지만 정확한 위치까지 파악한 건 아닌가 보군.'

덕분에 남아 있는 두 개의 머리가 무방비로 노출됐다. 나는 최대한 신속하게 적에게 달려가 남은 두 개의 머리를 잘라냈다.

파직!

파지직!

그리고 잘려 나간 머리통에 광선검으로 구멍을 뚫었다.

적의 본체는 그제야 움직임을 멈추며 오그라들었다.

그것은 마치 쥐며느리나 공 벌레의 뒤집힌 시체를 연상시켰다. 덕분에 내 심장도 오그라드는 것 같았다. 나는 즉시 뒷걸음치며 적의 시체로부터 멀어졌다.

지이잉…….

마침 손에 쥔 광선검이 서서히 작아지다 꺼졌다.

또다시 빛이 없는 세상이 찾아왔다. 물론 그렇다고 내가 밟고 서 있던 세상이 함께 사라진 건 아니었다.

그것은 뼈였다.

정확히는 인간의 뼈와 녹슬고 부서진 기계 부품들의 합집합이다.

'그러고 보니 오비탈 제국이 열두 명의 기사단을 만들기 위해서 1,200만 명의 인간을 희생시켰다고 했었지…….'

이곳에 깔린 것은 바로 그 1,200만 명의 시체였다.

제아무리 작은 도시만 한 사이즈의 공간이라 해도, 1,200만 개의 시체쯤 되자 바닥에 새로운 지층이 만들어진 것이다.

그리고 나는 지금 그것을 밟고 서 있다.

"웁……."

나는 결국 몸을 숙이며 구토했다.

올더 랜드에서 먹은 것들은 이미 다 소화가 되었다. 역류하는 것은 시큼한 신물과 방금 전에 마신 커피뿐이었다.

* * *

멘탈이 무너진 것은 아니다.

물론 새로운 융합체의 모습은 더할 나위 없이 끔찍했다. 거기에 내가 서 있는 곳의 정체 또한 역사상 유래를 찾을 수 없을 만큼 처참했다.

하지만 내가 속을 게워낸 것은 단순히 머리가 어지러웠기 때문이다.

더불어 두통도 심각했다. 나는 빈속에 또 한 캔의 커피를 부어 넣으며 생각했다.

'침착해라, 문주한. 뭐가 어떻게 되었든 간에 넌 아직 안 죽었어.'

그리고 마력 회복 포션도 한 병 마셨다. 여전히 특수 스텟이 자동으로 빨려 나가는지를 확인하기 위해서.

"여전히 자동으로 소멸하는 건가……."

나는 한숨을 내쉬며 고개를 저었다.

각인 능력이 정상적으로 작동하는 것이 그나마 다행이다. 나는 곧바로 맵온을 전개해서 내 주변에 살아 있는 무언가가 있는지 검색했다.

인간: 1

사이보그: 0

로봇: 0

나 혼자다.

사방 20㎞ 안에 살아 움직이는 것은 나 혼자뿐이다.

그리고 멀리 비샤와 슌으로 추정되는 두 사이보그가 올더랜드 쪽으로 움직이는 것이 보였다. 나는 그제야 안도의 한숨을 내쉬며 생각했다.

'두 사람은 무사한 모양이군. 여기서 기다리고 있으면 구해

주러 돌아오겠지……'

문제는 그들의 마음과 상관없이 물리적으로 그런 행위가 가능한지의 여부였다.

'괜히 구한답시고 이쪽으로 내려왔다간 똑같이 조난당할 뿐이야.'

물론 구덩이 전체를 가득 메웠던 초거대 토네이도는 사라졌다. 수직 이착륙이 가능한 수송선이라면 여기까지 내려올 수 있을지도 모른다.

하지만 오비탈 차원의 탈것은 대부분 스케라를 연료로 사용한다.

그리고 스케라도 특수 스텟인 건 마찬가지다. 방금 전에 꺼져 버린 광선검처럼 수송선 역시 보유한 스케라를 흡수당하고 바닥을 향해 추락할 것이 불 보듯 뻔했다.

나는 바닥에 주저앉고 싶었다.

하지만 달그락거리는 뼈와 녹슨 기계 부품 위에 엉덩이를 깔고 앉고 싶진 않다.

나는 이러지도 저러지도 못한 채, 어둠 속에서 조심스레 한쪽 방향으로 움직이기 시작했다.

'일단 벽에 닿으면 거기 기댈 수라도 있겠지……'

어쩌면 벽을 타고 클라이밍하듯 밖으로 탈출할 수 있을지도 모른다. 나는 일말의 희망을 품은 채 정처 없이 걸음을 옮겼다.

*　　　*　　　*

나중에 안 것이지만, 스케라 구덩이의 깊이는 약 65㎞였다.

*　　　*　　　*

마음을 가라앉히자 여러 가지 것들이 생각났다.

약 한 시간 만에 구덩이의 벽에 도착한 나는 먼저 시공간의 주머니에서 상자를 꺼내 바닥에 깔고 그 위에 걸터앉았다.

그것은 지구에서 K2에 오르기 전, 미군으로부터 받은 보급품 상자였다. 상자 속에는 고맙게도 야전용 랜턴이 들어 있었다. 나는 랜턴을 켜고 벽 위쪽을 천천히 살폈다.

"잘만 하면 맨손으로 기어오를 수 있을 것 같은데……."

물론 일반인은 거의 불가능하다.

하지만 소드 마스터의 기본 스텟이라면 오러를 쓸 수 없더라도 여유로웠다.

다만 지금은 일단 쉬어야 한다. 추락하는 과정에서 손상이 심했는지, 체력과 내구력이 100단위 아래로 떨어진 상태였다.

조급해할 필요는 전혀 없다. 시공간의 주머니 속에는 충분한 물과 식량이 보관되어 있다. 무슨 일이 있어도 굶어 죽을 일은 벌어지지 않을 것이다.

나는 벽에 등을 기댄 채 잠시 눈을 붙였다. 부디 깨어났을 때는 체력과 내구력이 대폭 회복되었기를 기대하며…….

* * *

“신호가 끊겼다.”

비샤는 드론 컨트롤러의 액정을 노려보며 말했다.

“땅속으로 20㎞ 지점에서 신호가 끊겼다. 이건 큰일이군.”

“큰일은 뭔 놈의 큰일? 진짜 큰일은 문주한이 저기 빠진 지 사흘이 지났다는 거야. 이런 장난감 비행기를 가지고 놀 때가 아니라고.”

슌이 곤두선 표정으로 비난했다. 비샤는 컨트롤러를 버기에 던져 넣으며 고개를 저었다.

“이건 장난감이 아니다. 루나하이가 제공한 최신 기술이 탑재된 드론이지.”

“최신 기술?”

“스케라 포화도가 높은 지역에서도 자유롭게 움직이고, 무선으로 컨트롤이 가능한 기술이지. 이걸로 안 된다는 건, 결국 그 어떤 머신으로도 구덩이 속에 내려가는 게 불가능하다는 말이다.”

비샤는 냉정하게 말했다. 슌은 갑갑하다는 듯 가슴을 두드리며 말했다.

"됐으니까 그냥 사다리 같은 거나 가져와. 내가 내려가서 데려올 테니까."

"너만 다급할 것 같나?"

비샤는 눈을 가늘게 뜨며 슌을 노려보았다.

"나도 심장이 타들어간다. 그렇다고 막무가내로 밀어붙일 수는 없어. 사다리? 잘 생각해 봐라. 20㎞ 이상 이어진 사다리 따위가 존재할 것 같나?"

"쳇……."

"그리고 설사 있다 해도 의미가 없다. 네 육체도 사이보그니까. 지금 스케라 농도가 급격히 높아지면 설사 로봇이라도 견디지 못해. 탑재된 회로가 전부 타버린다."

"썩을, 과전압 같은 건가?"

슌은 욕지거리를 하며 구덩이로부터 몇 발 뒤로 물러났다. 비샤는 양손으로 머리를 감싸 쥐며 말했다.

"지금 여기만 해도 이렇게 높은데, 저 아래는 대체 얼마나 높은지 상상도 할 수 없다."

"비샤 님, 이제 슬슬 돌아가시는 게 좋겠습니다."

함께 따라온 장로들이 불안한 얼굴로 말했다. 비샤는 자신의 몸에 축적되는 스케라 오염도를 확인하고는 입술을 깨물었다.

"나는 여기서 오래 활동할 수 없다. 당장 내 방으로 돌아가서 정화 작업을 해야겠군."

"맘대로 해. 난 여기서 기다릴 테니까."

슌은 그 자리에 주저앉았다. 비샤는 한숨을 내쉬며 장로들과 함께 버기에 올라탔다.

"어떻게든 방법을 찾아보겠다. 일단 루나하이와 연락해서 스케라를 쓰지 않는 구세대 기술이 있나 확인해야겠군."

"기왕이면 아주 긴 사다리가 있는지도 물어보라고."

슌은 고개를 돌리며 비아냥거렸다. 모든 것이 빨려 들어간 구덩이 주변은 을씨년스러울 정도로 고요할 뿐이었다.

*　　*　　*

파직!

뭔가가 위에서 바닥으로 떨어져 박살 났다.

덕분에 잠에서 깼다. 곧바로 랜턴을 켜고 주변을 살폈지만 딱히 뭔가가 변한 것 같지는 않았다.

'뭔진 모르지만… 여기서 상당히 먼 곳에 추락한 모양이군.'

맵온을 켜고 몇몇 종족명을 검색했지만 마찬가지였다.

대신 구덩이의 동남쪽 부근에 십여 명의 인간과 두 명의 사이보그가 모여 있는 게 확인됐다.

'비샤가 날 구하러 온 건가? 그런데 다시 돌아가는데…….'

그 순간 한 명의 사이보그를 제외한 전원이 올더 랜드 쪽으로 움직이기 시작했다. 나는 한숨을 내쉬며 시공간의 주머니 속에서 생수통을 꺼내 들이켰다.

목이 마르다.

배도 무척 고팠다. 피로가 심했는지 시간을 잊고 폭풍 같은 수면을 취한 모양이다.

하지만 푹 잔 것치고는 성과가 미비했다.

체력과 내구력은 거의 회복되지 않았다.

어지럼증과 두통은 많이 약해졌지만, 정신을 차리고 시간이 지나자 다시 점점 더 강해지기 시작했다.

'스케라가 너무 높아서 그런가? 이대로 있으면 위험할 것 같은데……. '

나는 곧바로 보급품 상자에서 몸을 일으켰다.

그리고 테스트 삼아 벽을 기어오르기 시작했다. 벽면은 마치 깎아놓은 대리석처럼 매끈했지만, 손가락에 힘을 주어 찌르면 균열이 생기며 붙잡을 공간을 만들 수 있었다.

그렇게 300미터쯤 올라갔을까?

나는 포기하고 다시 아래로 내려왔다. 고도가 높아질수록 두통과 현기증이 심각해 견딜 수가 없었다.

올라가는 것보다 내려가는 게 훨씬 어려웠다. 덕분에 100미터 높이에서 발을 헛디디고 바닥으로 추락했다.

콰지지지지지직!

정체를 알기 싫은 뾰족한 것들이 몸을 파고들었다.

내구력이 남아 있어 상처를 입진 않았다. 하지만 그 내구력도 이젠 60 이하로 떨어진 상태였다.

나는 비틀거리며 보급품 상자 위에 걸터앉았다.

'뭐가 문제지?'

나는 양손으로 얼굴을 감싸 쥐며 생각했다.

그때 누군가 속삭이듯 귓가에 말했다.

—내가 문제다.

고개를 들었지만 아무도 없었다. 나는 미친 듯이 랜턴으로 사방을 비췄다.

"……."

전후, 좌우, 상하.

그 어디에도 보이는 건 뼈와 폐품뿐이다.

나는 환청을 들었다고 생각했다. 상황이 나쁘고 피곤하면 그럴 수도 있다.

그런데 그 순간, 끝없이 깔려 있는 폐품 사이로 먹먹한 회색빛이 떠올랐다.

동시에 누군가 심장을 움켜쥔 듯 옥죄기 시작했다. 나는 가슴을 부여잡고 몸을 웅크렸다.

'이 느낌은…….'

전에도 느껴 본 적이 있다.

초월체와의 접촉.

다만 그때처럼 시간이 멈춘 듯한 몽환적인 감각은 아니다.

문제의 회색빛은 확실하게 현실에 존재했다. 그것이 움직일 때마다 바닥에 깔린 잡동사니들이 파도처럼 물결쳤다.

—살아 있는 인간과 접촉한 건 오랜만이군.

그것은 천천히 내 쪽으로 다가왔다.

마치 자신의 존재가 내게 부담이 되는 것을 아는 것처럼 조심스럽고 긴장한 듯한 움직임이다.

나는 웅크렸던 몸을 가까스로 펴며 물었다.

"당신은… 무엇입니까?"

—나는 여러 가지의 본질을 담고 있는 존재다.

그것은 내 앞에서 움직임을 멈췄다.

—문명의 진보를 추구하고, 인간이 꿈꾸는 무한의 동력원이며, 필연적으로 그것이 품고 있는 어둠이기도 하다.

그것은 자신의 형태를 인간처럼 바꾸며 말했다.

—나는 스케라다.

"스케라……."

—그걸로 많은 것을 설명할 수 있겠지. 그러나 스케라로서의 본질은 이미 내 손을 떠나 이곳 차원과 하나가 되었다. 나는 한때 스케라였던 본질의 빈껍데기인 셈이다.

"그래서… 결국 초월체라는 겁니까?"

—맞다.

그것은 텅 빈 얼굴로 웃었다.

—네가 알고 있는 그 초월체와 나는 같은 근원을 가지고 있다. 다만 마지막에 선택한 차원이 달랐을 뿐이지.

"레비그라스……."

—날 제외한 모든 초월체가 그곳을 향했다. 이미 근원이 있는 세상이었지. 불, 물, 냉기, 땅, 바람…….

"정령왕 말입니까?"

—그래, 바로 네가 품고 있는 원소의 근원이다.

초월체는 양손을 뻗어 내 양손을 가리켰다. 나는 그곳에 새겨진 정령왕의 문자들을 보며 한숨을 내쉬었다.

"그럼 저는 스케라를 담당하는 초월체가 살고 있는 집에 빠진 셈이군요?"

—이곳은 내 집이 아니다. 네가 알기 쉽게 표현하면 성물이지.

"성물이라니……."

—그래. 바로 네가 품고 있는 초월체의 근본 말이지. 나는 내 성물을 희생해서 이 행성의 깊은 곳에 씨앗을 뿌렸다.

초월체는 뻗은 양손을 하나로 모아 내 가슴을 가리켰다.

—바로 네가 지구에서 그랬던 것처럼.

"아……."

—일단 사과부터 하겠다. 너를 포함해 구덩이 위에 있던 모든 것을 빨아들인 것에 대해서.

초월체는 우아한 자세로 몸을 구부리며 인사를 건넸다.

—하지만 나도 어쩔 수 없었다. 이미 내 의지는 이 행성의 섭리가 된 스케라를 컨트롤할 수 없다. 정해진 순리대로 계속 돌아갈 뿐이지.

"순리라면……."

—이곳의 임계점을 말하는 거다. 인간들은 이곳의 특성을 활용해 강력한 존재를 만드는 방법을 터득했지. 하지만 너무 단기간에 대량의 스케라가 빠지면, 구덩이는 반사적으로 주변에 퍼뜨리던 스케라를 다시 빨아들인다.

"그럼 과거의 오비탈 제국도……."

—아니, 그들은 좀 더 현명했다. 하루에 딱 다섯 번까지만 인간들을 내려보냈지. 그래서 임계점을 넘지 않았다.

하지만 아이릭은 임계점이라는 것을 몰랐다.

덕분에 제국의 유산을 파멸할 때까지 사용한 것이리라.

—나는 미리 경고해 주고 싶었다. 하지만 본질을 잃은 나는 이 밑바닥에서 한 발짝도 나설 수 없다. 지금 이렇게 너와 대화를 나누는 것만으로도 상당한 힘을 소모해야 할 지경이지.

나는 심장의 압박이 점점 줄어드는 것을 느끼며 한숨을 내쉬었다.

"어쩐지 당신은… 제가 지금까지 만난 초월체와는 뭔가 다르군요."

—나는 그들처럼 신이 되려 하지 않았다. 좀 더 빠르게 이

행성에 안착하고, 내가 가지고 있던 인간성을 최대한 남겨놓은 채 본질에서 벗어났다.

초월체는 그야말로 인간처럼 어깨를 으쓱였다.

—그 탓에 남은 힘도 거의 없다. 네가 알고 있는 다른 초월체처럼 스스로의 의지로 세상의 섭리를 주관하며 인간들에게 특별한 능력을 각인시켜 줄 수도 없지.

"각인 능력 말이군요."

—그래. 대신 나로부터 벗어난 섭리는 자연이 되었다. 다른 모든 것보다 강력한 자연. 그렇게 생각하지 않나?

초월체는 자랑스러운 듯 양팔을 펼치며 어필했다. 나는 갑자기 피로가 밀려오는 것을 느끼며 눈을 감았다.

—몸이 힘든 것 같군. 그래, 어쩔 수 없지.

"꽤 오래 잔 것 같은데… 몸이 회복되질 않습니다."

—너는 스케라를 각성하지 않았으니까. 몸속에 들어온 스케라가 처리되지 못하고 부작용을 일으키는 거지.

초월체는 천천히 걸음을 옮겨 내 앞으로 다가왔다.

—문주한, 네가 어떤 과거를 경험했는지 알고 있다. 레비그라스로 간 나의 형제들이 어떤 대립과 파멸을 일으키려 하는지도. 어떻게든 도움을 주고 싶지만 내겐 아무 힘도 없다.

"그냥 이… 두통만이라도 어떻게 해주실 수 없을까요?"

—그건 쉬운 일이지.

초월체는 손을 뻗어 내 머리를 만졌다.

—넌 이제 스케라를 각성했다.

나는 즉시 스스로를 스캐닝했다.

스케라: 1(1)

"…정말 스케라가 생겼군요."

동시에 드릴로 후벼 파는 듯 지끈거리던 두통이 조금씩 약해졌다. 초월체는 다시 뒤로 물러나며 고개를 끄덕였다.

—미안하다. 내가 해줄 수 있는 게 고작 이런 것뿐이라.

"아닙니다. 지금은 이것만으로도 충분합니다."

나는 진심으로 감사를 표했다. 하지만 곧바로 눈살을 찌푸릴 수밖에 없었다.

"하지만 이 스케라도 역시… 결국 이 구덩이에 빼앗기겠죠? 당신의 성물 그 자체에?"

—그렇지 않다.

초월체는 고개를 저었다.

—구덩이가 빨아들일 수 있는 것은 '인간의 몸에 축적된 스케라'를 제외한 모든 형태의 에너지다. 물론 여기까지 떨어진 인간은 대부분 죽는다. 그러니 같은 의미지. 시체에 쌓인 스케라는 곧바로 대기 중으로 해방되니까. 하지만…….

초월체는 인간의 형태를 잃고 다시 둥그런 구체로 돌아가며 말했다.

—평범한 경우였다면 방금 내가 한 행동은 사형선고나 다름없다.

"네?"

—이곳은 오비탈의 그 어느 곳보다 빠르게 스케라를 쌓을 수 있는 곳이다. 하지만 인간은 빠르게 쌓이는 스케라를 감당하지 못하지. 즉사하거나, 발광하거나, 장기적인 후유증에 시달린다. 하지만 너처럼 높은 친화력과 정신력을 가지고 있다면…….

초월체는 갑자기 말을 멈췄다.

나는 머릿속이 빠르게 개운해지는 것을 느끼며 물었다.

"왜 그러십니까?"

—지금… 이 행성으로 저주가 다가오고 있다.

"저주?"

—보이디아 말이다.

순간 주변의 공기가 무겁게 깔렸다. 초월체는 두려운 듯 심하게 몸을 떨기 시작했다.

• 101장 •

엇갈리는 진실

—공허와 부정과 저주의 근원. 어째서 그것이 다른 차원이 아닌 같은 차원에서…….

초월체는 번민하는 듯했다. 나는 잠자코 그가 이야기를 꺼낼 때까지 기다렸다.

—내겐 힘이 없다. 그러니 너에게 정보를 주겠다.

초월체는 천천히 바닥으로 가라앉으며 말했다.

—모든 초월체는 본디 보이디아 차원의 인간이었다.

"네?"

—우리들은 그곳이 오염되는 것을 막지 못했다. 우리들은 생존하기 위해 그곳을 떠나 다른 차원을 향했다. 인간의 형상

을 버리고, 우리가 얻은 초월의 힘을 사용해 힘의 본질이 되었다.

나는 벌어진 입을 다물지 못했다.

—하지만 보이디아는 우리를 증오한다. 결국 찾아내겠지. 이미 찾아냈고. 우리 모두를 같은 존재로 만들기 위해, 우리가 찾아낸 모든 차원을 보이디아와 같은 어둠으로 오염시키기 위해 수단과 방법을 가리지 않을 것이다.

"자, 잠시만요! 대체 뭐가 어떻게 된 겁니까?"

나는 정신이 아득해지는 것을 느끼며 되물었다.

"초월체가 모두 보이디아 차원의 인간이었다고요? 그럼 보이디아 차원도 원래 인간들이 사는 행성이었단 말입니까? 지구나 레비그라스처럼? 그런데 대체 무슨 일이 생긴 거죠? 어째서 그렇게 된 겁니까? 그리고 인간이 초월체로 변했다니, 그런 게 가능합니까? 애초에 초월체라는 존재가……."

—시간이 없다.

스케라의 초월체는 무거운 목소리로 내 말을 끊었다.

—모든 초월체는 같은 것을 원한다. 하지만 서로 다른 방법을 선택했지. 나는 이 행성에 문명을 발전시켜 보이디아를 막길 바랐다.

"아……."

—하지만 실패했다. 문명의 발전만으론 보이디아를 막을 수 없다. 죽음과 고통을 잊기 위해 육체를 버려도, 결국 더 큰 공

허가 인간의 마음을 좀먹을 뿐이다.

나는 보이디아의 굴뚝이 되어버린 펜블릭의 인간들을 떠올렸다. 초월체는 지면 속으로 절반 정도 잠긴 채 말을 이었다.

—너의 기억을 살피니 레비가 선택한 신성(神聖)도 마찬가지인 듯하다. 다른 초월체들이 선택한 '이능(異能)과 편의(便宜)'도 결국 오염을 막는 근본적인 해결책은 되지 못했다. 그러니 우리 모두는 결국 실패한 것이다.

"기다려 주십시오! 그럼 어떻게 되는 겁니까? 결국 지구인의 활용과 상관없이 모든 차원은 보이디아에 오염당해 멸망할 운명이란 말입니까?

—지구인은 그저 무기다. 무기는 사용하는 자의 의지에 좌우된다. 그저 전쟁을 승리로 이끄는 도구일 뿐, 혹은 더 빠른 패배를 불러오는 도구일지도…….

"제가 뭘 해야 합니까!"

—하고 싶은 걸 해라.

그것은 초월 능력을 얻은 다른 초월체들이 내게 했던 말과 동일했다.

—그것으로 충분하다. 너는 막내가 선택한 인간이니까.

"네?"

—보이디아를 탈출한 초월체는 모두 일곱이다. 하나는 오비탈 차원에 머물렀고, 다섯은 레비그라스 차원에 머물렀다. 그리고 마지막 하나는 너의 세계에 도착했지…….

그와 동시에 초월체는 완전히 땅속으로 꺼져 버렸다.

더 이상 아무 목소리도 들리지 않았다.

그리고 나는 나도 모르는 사이, 상자에서 일어나 초월체가 사라진 땅 위에 엎드린 상태였다.

"이게 대체 무슨……."

머릿속이 혼란스러웠다.

짧은 시간 동안 너무도 중대한 정보를 대량으로 알게 됐다. 나는 힘겹게 몸을 일으킨 다음, 다시 보급 상자로 돌아와 맥없이 걸터앉았다.

진실은 충격적이었다.

정신이 멍했다. 대체 무엇부터 생각하고, 무엇부터 해결해야 할지 감이 오질 않는다.

"일단… 그러니까… 밥부터 먹어야겠군."

나는 정신 나간 사람처럼 중얼거렸다. 그리고 보급 식량을 하나씩 뜯어 먹기 시작했다.

먹어도, 먹어도 끊임없이 들어간다.

그렇게 순식간에 5인분의 식량을 해치운 다음, 1리터짜리 생수 한 병을 단숨에 들이켰다.

이 모든 게 위장 속으로 들어가는 게 신기할 따름이다.

심지어 그렇게 먹어놓고도, 또다시 캔 커피를 꺼내 마시기 시작했다.

그러자 조금 정신이 들었다.

결국 바뀐 건 아무것도 없었다. 그저 내가 현실을 잘못 인식하고 있던 것뿐.

'그럼 지금부턴 뭘 해야 할까?'

나는 캔에 남은 커피를 몽땅 마신 다음, 멀리 집어 던지며 생각했다.

일단은 스케라부터 쌓아보는 게 좋을 것 같다.

*　　*　　*

"손실이 너무 큽니다."

아이릭 회장은 스크린에 표시된 숫자를 노려보았다.

"아이릭이 보유한 전체 병력의 절반 이상이 한 번에 사라졌습니다. 이건 단기간에 회복할 수 없는 큰 손실입니다."

"새로 만든 기사는 어떻게 되었습니까?"

레빈슨이 물었다. 아이릭은 인간의 몸에서 뇌수를 추출하는 끔찍한 영상을 출력하며 말했다.

"지금 전신 사이보그로 개조 중입니다."

"언제쯤 싸울 수 있을까요?"

"전투는 당장 내일부터라도 가능합니다만……."

아이릭은 레빈슨을 돌아보며 말했다.

"이제 기사단은 상관없습니다. 문주한이 죽었으니까요. 우리가 경계해야 할 것은 루나하이뿐입니다."

"정말 죽었다고 생각하십니까?"

"네, 현장에서 전송된 마지막 영상으론 문주한 역시 스케라 구덩이 속으로 빨려 들어갔습니다. 그리고 이미 사흘이 지났죠. 이미 죽었거나, 곧 죽을 거라 확신합니다."

"일단 지금은 안 죽었습니다."

레빈슨은 고개를 저었다. 아이릭은 감흥 없는 목소리로 물었다.

"어떻게 아십니까?"

"다 방법이 있습니다. 개인적으로는 지금이라도 구덩이 속으로 전투원을 투입해 확실히 끝장냈으면 합니다. 독 안에 갇힌 신세일 때 말이죠."

"그건 불가능합니다. 스케라 구덩이는 아래로 내려갈수록 스케라 포화도가 급증합니다. 그 어떤 사이보그나 로봇도 그 안에선 움직일 수 없습니다."

"그럼 아쉽게 되었군요."

레빈슨은 앉은 자세 그대로 기도하듯 양손을 모아 허벅지 위에 올려놓았다.

"이제 방법이 없습니다. 문주한을 잡을 방법이."

"굳이 잡을 필요가 있습니까? 어차피 구덩이 아래서 죽을 텐데. 그가 아무리 강력한 힘을 가지고 있다 해도 순수한 인간이라는 사실엔 변함이 없습니다. 먹지 않고, 마시지 않으면 결국 죽겠죠."

"당신은 아무것도 모릅니다."

레빈슨은 한숨을 내쉬며 고개를 저었다.

"문주한은 '시공간의 주머니'라는 물건을 가지고 있습니다. 대량의 물건을 넣어둘 수 있는 아주 특별한 도구죠. 분명 몇 달은 버틸 수 있는 식량을 저장해 놨을 겁니다. 그리고 그렇지 않더라도……."

"그렇지 않더라도?"

"문주한이 오비탈 차원에 온 지도 이미 6일이 다 되어갑니다. 7일이 지나면 전이의 각인을 다시 쓸 수 있게 되죠."

"아, 그러고 보니 기술의 쿨다운(Cooldown)이 7일이라고 했었군요."

아이릭은 그제야 생각 난 듯 고개를 끄덕였다. 레빈슨은 창문 너머 멀리 보이는 수많은 기계화된 몬스터들을 바라보며 말했다.

"신께서 저를 위해 기회를 주셨건만… 결국 그 기회를 활용하지 못했습니다. 아쉽군요."

"하지만 시간은 우리 편입니다."

아이릭은 본사 지하에 봉인 중인 다른 기사단을 스크린에 띄웠다.

"남은 두 기사단의 육체에 융합을 위한 나노 머신을 투입중입니다. 앞선 테스트로 많은 정보를 얻었습니다. 이번에는 완벽한 컨트롤이 가능한 최강의 융합체를 만들 수 있을 거라 확신합니다."

"본인들의 동의를 얻고 하는 일입니까?"

아이릭은 대답하지 않았다. 레빈슨은 들리지 않게 코웃음을 치며 고개를 끄덕였다.

"어쨌든 잘되면 좋겠군요. 저도 계속해서 지구인을 소환하겠습니다. 스케라 구덩이를 보고 깨달은 것이 있습니다."

"그게 무엇입니까?"

"레비그라스에도 스케라 구덩이와 비슷한 공간이 있습니다. 오러나 마력을 수련하기에 최적의 장소입니다만… 반대로 급격한 변화에 적응하지 못하고 사망하는 경우가 태반입니다. 지구인조차도 어느 정도 힘을 쌓게 한 다음에 그곳에 투입했죠. 하지만 그럴 필요가 없다는 걸 알았습니다."

레빈슨은 한쪽 어깨를 으쓱이며 말했다.

"그냥 집어넣으면 되는 겁니다. 열 명 중에 다섯 명이 죽어도 상관없습니다. 대신 훨씬 빠른 속도로 다섯 명의 전사를 만들 수 있을 테니까요. 지금부터는 황태후와 저의 힘을 최대한 모아서 지구인을 소환하는 데 주력하도록 하겠습니다."

"흠, 레비그라스에도 그런 장소가 있습니까?"

"대신전의 마지막 은신처입니다. 다만 지금 돌아가는 건 위험하겠군요. 문주한 역시 제 위치를 파악하는 방법을 알아냈을지도 모르니……."

"뭐든 상관없지만, 제게도 일부는 공급해 주시기 바랍니다.

지구인은 무기니까요. 스케라 구덩이만큼은 아니라도, 오비탈 전역에서 스케라 농도가 가장 높은 곳에 모아놓으면 틀림없이 빠른 속도로 강해질 겁니다."

"알겠습니다."

레빈슨은 아이릭을 향해 오른손을 내밀며 말했다.

"우리들은 동업자니까요. 공통의 목표를 위해 서로 최대한 협력해야 합니다."

아이릭은 말없이 악수를 받아주었다. 레빈슨은 갑자기 떠올랐다는 듯 탄식하며 물었다.

"아, 그런데 혹시 황태후의 몸에도 융합을 위한 장치가 탑재되어 있습니까?"

"황태후라면… 유메라 크루이거라는 레비그라스인 말입니까? 그분이라면……."

아이릭은 잠시 생각하다 대답했다.

"기본형은 탑재되어 있습니다. 원하신다면 외부에서 조작해서 융합이 가능합니다. 하지만 그럴 필요가 있습니까? 그녀는 전이의 각인을 쓸 수 있는 중요 자원 아닙니까? 융합체가 되면 그런 정교한 작업은 더 이상 할 수 없게 됩니다."

"물론입니다."

레빈슨은 맵온의 스케라 구덩이에 반짝이는 단 하나의 점을 바라보며 고개를 끄덕였다.

"그저 확인하고 싶었을 뿐입니다. 미래에 어떤 일이 벌어질지는 아무도 알 수 없으니까요."

*　　*　　*

문제는 내가 스케라의 수련법을 모른다는 것이다.

그것은 오비탈인들도 마찬가지였다. 그들이 아는 건 스케라 농도가 높은 곳일수록 빠르게 오른다는 것, 그리고 개인 차가 극심하다는 것뿐이다.

'아니면 기사단처럼 100만분의 1의 확률을 뚫고 대량의 스케라를 확보하든가 말이지.'

나 역시 그들과 같은 환경이다.

하지만 순식간에 대량의 스케라가 쌓이지도 않았고, 갑작스러운 변화에 적응하지 못하고 발작을 일으키며 죽지도 않았다.

그저 일정한 속도로 천천히 오를 뿐이다.

초월체가 내 스케라의 경혈을 뚫어준 이후로, 약 세 시간 동안 3이 올랐다.

시간당 1씩 오른 셈이다. 이런 속도라면 50의 스케라를 쌓을 때까지 이틀이 넘는 시간이 필요하다.

물론 50을 쌓는다고 어떤 변화가 생길지는 알 수 없다.

'오러는 50의 스텟을 쌓은 순간부터 발동시킬 수 있었지… 스케라는 어느 정도가 쌓여야 초능력을 쓸 수 있게 되는 걸까?'

어쩌면 쌓이는 스케라와 상관없이 누군가 다른 사람에게 배워야 하는 걸지도 모른다.

그리고 초능력을 쓸 수 있게 되더라도, 그 힘으로 이곳을 탈출할 수 있을지도 의문이다.

하지만 달리 할 수 있는 일이 없다.

굳이 찾아보자면 시공간의 주머니에 축적된 식량을 축내며 초월체가 했던 이야기를 곱씹는 정도였다.

'내가 무슨 짓을 해도 결국 모든 차원은 보이디아에 오염당할 운명이다. 그렇다면 나는 어떻게 해야 하지?'

결국 초월체가 했던 이야기처럼 나는 내가 할 수 있는 일을 할 뿐이다.

일단 레빈슨을 해치운다. 그걸로 레비의 뜻을 꺾고 지구인의 멸종을 막는다.

하지만 그거로는 근원적인 문제가 해결되지 않는다. 나는 한참 고민하다 다른 주제로 생각을 넘겼다.

'보이디아도 처음에는 지구나 레비그라스처럼 평범한 인간들이 사는 행성이었던 걸까? 대체 무슨 일이 벌어졌기에 그런 우주 괴수의 소굴로 변한 거지?'

이 또한 추측밖에 할 수 없다. 초월체가 원래 인간이었듯이, 누군가 사악한 인간이 '공허'나 '저주'의 초월체가 되어 자신의 차원을 잠식시킨 걸까?

그렇다면 좀 더 근원적인 의문이 생긴다.

'초월체는 전부 보이디아 차원의 인간들이었다. 생존을 위해 자신들의 차원을 탈출했는데… 어떻게 인간이 그런 신적인 존재로 변할 수 있던 거지?'

떠올릴 수 있는 것은 각 세계에 존재하는 근원이었다.

레비그라스에는 마나가 존재하고, 오비탈에는 스케라가 존재한다.

일반적으로는 그들이 그 힘을 만들어냈다고 생각할 수 있다. 하지만 반대로 그 힘이 그들을 신적인 존재로 만든 것일지도 모른다.

물론 이 모든 건 나 혼자의 추측일 뿐이다. 나는 사고의 깊이를 더해 다양한 가능성을 전부 떠올리며 그것의 적합성을 판단했다.

그러던 중에 문득 초월체의 마지막 말이 떠올랐다.

'스케라의 초월체는 자신들이 모두 일곱 명이라고 했다. 그리고 마지막 초월체는 지구를 향했다고 했지.'

하지만 지구에는 마나나 스케라 같은 힘이 존재하지 않는다.

'물론 마나는 약간 있지만… 그건 레비그라스와 연결된 덕분에 일부가 새어 들어온 수준이다. 앞으로는 스케라도 새어 들어올 테지.'

결국 지구만 가지고 있는 특별한 힘은 존재하지 않았다.

오러도 마력도 없고, 초능력도 없다.

물론 레비그라스에 비하면 문명이나 과학이 크게 발달했

다. 하지만 그것도 오비탈에 비하면 새 발의 피나 마찬가지였다.

'아니, 물론 과학은 상대가 안 된다. 하지만 문명의 수준을 과학만으로 잴 수 있을까?'

오비탈은 모든 것이 극단적이다.

뇌수를 제외한 모든 것을 기계로 교체하거나, 감정 자체를 박탈하거나, 혹은 외부의 자극을 몇 배로 증폭시켜 쾌락에 의존한다.

적어도 내 눈으로는 이 모든 것이 정상적으로 발전된 문명이라고는 보이지 않는다.

오죽하면 올더들이 탈출해서 따로 모여 나라를 만들까?

'그렇다고 지구의 문명이 특별히 압도적으로 우월하다고 볼 수는 없겠지. 무엇보다 그걸 가지고 외부의 힘에 저항할 수가 없어…….'

결국 지구가 멸망한 것이 그 증거였다. 나는 한참 동안 지구로 왔다는 일곱 번째 초월체에 대해 생각하다 한숨을 내쉬었다.

머리가 지끈거린다.

두통은 아니지만 복잡하고 산만했다.

그리고 배가 고프다. 고작 세 시간 전에 그렇게 많은 음식을 먹었는데도, 언제 그랬냐는 듯 극심한 허기가 느껴졌다.

'미군의 전투식량은 질렸다. 분명 뱅가드에서 보급품으로

챙겨온 식량이 있을 텐데…….’

나는 시공간의 주머니에 손을 넣고 기억을 되살렸다. 그러자 큼지막한 상자 하나가 손에 잡혔다.

그것은 뱅가드의 유명 과자점인 마르시츠의 초콜릿 선물 세트였다.

“그러고 보니 한참 전에 이걸 코르시 사범에게 선물로 줬었지…….”

나는 혼잣말을 중얼거리며 상자를 열었다.

그리고 초콜릿이 잔뜩 묻은 과자를 입속에 털어 넣으며 끊임없이 씹어 삼켰다.

그리고 지나가는 김에 스스로를 스캐닝했다.

스케라: 19(19)

나는 내 눈을 의심했다.

‘뭐지? 대충 30분 전까지만 해도 4밖에 안됐는데?’

세 시간 동안 3을 높였는데, 불과 30분 만에 15가 추가로 오른 것이다.

나도 모르는 사이에 나는 지난 30분 동안 스케라를 대량으로 쌓는 특훈을 해버린 것이다.

‘내가 뭘 했지? 설마… 초콜릿인가?’

혹시나 하는 마음에 일단 남은 과자 전부를 빠른 속도로 먹어치워 봤다.

스케라: 19(19)

'이건 아닌가 보군.'

나는 입가에 묻은 초콜릿을 빨아 먹으며 생각했다.

'하긴 초콜릿을 먹는다고 스케라가 쌓일 리가 없지. 물론 당분은 여러 가지로 도움이 된다. 처음에 오러를 수련할 때도 벌꿀의 도움을 많이 받았지.'

문득 처음 레비그라스에 떨어진 기억들이 떠올랐다.

그때는 정말 여러 가지로 절망적이었다. 나는 당시의 추억을 되새기며, 내가 어떻게 했으면 더 좋은 결과가 되었을지를 추리하고 판단했다.

그렇게 얼마나 시간이 지났을까.

'뭐지?'

망상 중에 나는 갑자기 몸이 경직되는 것을 느꼈다.

그것은 기분 좋은 경직이었다. 마치 가벼운 근력 운동을 한 것처럼 근육에 힘이 들어가며 몸에 새로운 활력이 들어찼다.

'이 느낌은 설마…….'

나는 반신반의하며 스스로를 스캐닝했다.

이름: 레너드 조

레벨: 44

43이던 레벨이 44로 올랐다.

다만 기본 스텟의 상승은 매우 희박했다. 근력과 체력이 각각 2씩 올랐고, 내구력과 항마력은 제자리였다.

중요한 건 그 와중에 또다시 스케라가 올라갔다는 것이다.

스케라: 26(26)

"스케라가 25를 넘어서 레벨이 오른 건가……."

나는 스케라를 쌓을 생각만 했지, 그걸로 레벨을 올리려는 생각은 전혀 하지 않았다.

아무튼 좋은 소식임엔 틀림없다. 나는 뜻하지 않은 보너스에 기뻐하면서도, 대체 어째서 스케라가 급상승했는지를 고민했다.

그러자 하나의 가설이 떠올랐다.

'스케라는 인간의 두뇌에 축적된다. 그렇다면 내가 어떤 문제에 대해 깊이 생각하고 고민하면 더 많이 반응하는 걸까?'

말하자면 뇌를 쓰면 쓸수록 빠르게 스케라가 쌓인다는 것이다. 나는 가설을 실증하기 위해, 또다시 새로운 의문점을 머릿속에 떠올렸다.

'그러고 보니 최근에 만난 지구인들의 오러 상태가 신경 쓰

였지.'

가장 최근에 싸웠던 라르손과 마울라마는 둘 다 2034년에 지구로 귀환한 3단계 소드 익스퍼트였다.

하지만 지금은 2017년이다. 레빈슨이 대규모의 지구인을 강제로 소환했던 2015년으로부터 불과 2년밖에 지나지 않은 것이다.

'정확히는 2년 8개월 정도인가? 그래도 이상한 일이다. 레빈슨은 2020년부터 2단계의 오러 유저를 보내기 시작했지. 일부러 약한 자들부터 시험 삼아 보낸 건가?'

물론 그럴 수도 있다. 지구의 반응이나 반격의 수준을 살피기 위해 점점 더 강한 자들을 보냈다는 것도 충분히 가능하다.

하지만 그것을 감안하더라도, 2017년에 이미 3단계 소드 익스퍼트가 된 자들을 2034년까지 대기시켜 놓는다는 건 도저히 이해할 수 없다.

'무슨 약한 자들부터 순서대로 보내야 한다는 법칙이 있는 것도 아닐 테고… 아! 혹시 어떻게든 소드 마스터를 만들어서 보낼 속셈이었을까?'

그렇다면 납득하지 못할 것도 아니다.

불과 2년 만에 3단계 소드 익스퍼트가 된 인재라면, 어떻게든 시간을 더 투자하면 결국 소드 마스터로 만들 수 있다는 확신이 있던 것이다.

'하지만 두 사람의 '한계'가 거기까지였던 거지. 아무리 수련을 시켜도 더 이상 오러가 안 오르자 결국 그냥 지구로 귀환시킨 거고.'

그러고 보니 전생엔 소드 마스터가 되어 귀환했던 슌치엔도, 2017년인 지금 시점에는 아직 1단계 소드 익스퍼트일 뿐이었다.

'슌치엔… 아니, 슌은 두 사람에 비해 더 느리게 성장했다. 하지만 한계점은 오히려 더 높았던 거군.'

그렇게 생각하면 어느 정도 납득할 수 있었다.

하지만 이 가설엔 또 다른 함정이 존재했다.

'그렇다면 어째서 레비그라스에서 두 사람을 쓰지 않은 거지?'

내가 소드 마스터로 각성한 것은 레비의 대신전에서 내 앞을 가로막은 엑페를 상대하던 그 순간이었다.

만약 그 전에 라르손과 마울라마를 투입했다면, 같은 3단계 소드 익스퍼트인 내게 큰 걸림돌이 되었을 것이다.

'물론 같은 등급이라면 정령왕의 힘을 다루는 내가 이겼겠지만… 그토록 빠르게 강해진 두 사람을 꽁꽁 숨겨놓고 쓰지 않은 것도 이상하다.'

무엇보다 '시공간의 축복'이라는 사기적인 초월 능력을 가진 나와 다른 지구인의 성장 속도가 비슷하다는 것도 납득하기 어려웠다.

나는 내게 찾아온 수많은 위기를 실제로 죽음을 겪으며 극복했으며, 그것을 통해 빠르게 오러를 성장시킬 수 있었다.

하지만 라르손과 마울라마는 그런 특별함 없이도, 나와 비슷한 속도로 3단계 소드 익스퍼트에 도달한 것이다.

'이건 단순한 논리로는 설명이 안 된다. 두 사람이 아무리 오러의 천재라 해도, 나 역시 극단적으로 높은 오러 친화력을 가지고 있으니까.'

그래서 나는 한참 동안 고민했다.

물론 고민한다고 답이 나올 리는 없고, 이런 곳에서 그것이 정답인지 확인할 방법도 없었다.

하지만 보다 합리적인 가설을 세우는 건 가능했다.

결국 나는 현재 내가 처한 환경을 고려해서 그럴듯한 가설을 만들어냈다.

'어쩌면 레비그라스에는 극단적으로 마나의 포화도가 높은 장소가 있을지도 모른다. 바로 여기처럼.'

만약 그렇다면 이곳과 마찬가지로 오래 머물면 목숨이 위험해질 것이다.

'그래서 레빈슨은 특별한 경우가 아니라면 지구인의 수련에 그 장소를 사용하진 않았다. 하지만 역사가 바뀌었고, 다급해지자 확보한 지구인을 그 장소로 밀어 넣고 속성 훈련을 시킨 게 아닐까?'

당장 시간이 없다면 비록 그중 일부가 죽더라도 나머지가 빠르게 강해지는 게 효율적일 것이다.

그렇다면 납득이 된다. 나는 레비그라스에 존재하는 대신전의 마지막 은신처 후보지를 떠올리며 고개를 끄덕였다.

'이번에 돌아가면 가장 먼저 그곳부터 족쳐야겠군.'

그것은 여러 가지로 만족할 만한 추론이었다.

다만 생각에 너무 깊이 빠진 덕분에 머릿속이 멍해졌다. 나는 손에 쥔 상자에 남은 초콜릿 부스러기를 집어 먹으며 스스로를 스캐닝했다.

스케라: 44(44)

정답이었다.

"좋았어!"

나는 주먹을 불끈 쥐었다.

오러나 마력 같은 새로운 힘을 얻기 전까지 내가 가진 가장 강력한 힘은 바로 생각하는 것이었다.

그런 의미에서 볼 때, 스케라는 나와 가장 잘 맞는 힘이었다.

비록 정신력이 빠르게 떨어졌지만 그 정도는 일도 아니었다. 내가 가진 시공간의 주머니 속에는 레비그라스에서 미리 챙겨놓은 수백 병의 에오라스 벌꿀이 들어 있었으니까.

"오랜만에 다시 벌꿀을 마실 시간이군……."

나는 입속에 침이 고이는 것을 느끼며 주머니 속으로 손을 집어넣었다.

*　*　*

“이걸 여기까지 가져오느라 얼마나 고생했는지 알아?”

루나하이가 수송선에서 내리며 투덜거렸다.

“박물관의 지하에 처박혀 있는 걸 발굴하느라 난리를 치고, 분해되어 있는 걸 다시 조립하느라 또 한 번 뒤집어졌다고. 다룰 줄 아는 기술자는 전부 죽었고, 기록에 남은 것도 거의 없어서 맨땅에 헤딩했어.”

“그냥 헬기 아닌가?”

슌이 눈살을 찌푸리며 물었다. 루나하이는 입술을 삐죽 내밀며 말했다.

“이건 무려 500년 전 물건이라고. 지구 양반. 오비탈 제국 초창기 때 만들어진 고물 중에 상고물이지.”

“500년… 그런데도 움직이나?”

“테스트는 끝냈어. 근데 아슬아슬해. 무려 ‘석유’로 움직이는 물건이니까.”

루나하이는 눈앞에 펼쳐진 거대한 구덩이를 보며 고개를 저었다.

“오비탈은 더 이상 석유를 캐지 않아. 무한한 동력원인 스케라를 활용할 수 있으니까. 하지만 스케라를 쓰는 기계는 저 아래로 내려갈 수 없겠지."

"그럼 빨리 시작하지."

슌은 손바닥의 구멍을 열고 닫으며 초초하게 말했다.

"문주한이 저 아래로 추락한 지도 벌써 6일이 지났다. 아무리 그 녀석이라도 이젠 한계일 거야."

"아무리 강해도 인간은 인간이니까. 6일 동안 먹지도 마시지도 못하면 위험해지겠지."

"그런 의미는 아니다."

슌은 수송선 옆에 놓인 헬기를 향해 걸음을 옮겼다.

"먹을 건 충분할 거야. 요술 주머니 같은 게 있으니까."

"그럼?"

"스케라 때문이다. 스케라를 각성하지 못한 인간이 이렇게 높은 스케라에 노출되면 위험해. 이젠 나도 알 수 있다. 이 육체가… 기사단의 육체가 많은 것을 알려주는군."

"왜, 갑자기 우울증이라도 생겼어?"

"아마도. 하지만 상관없다."

슌은 헬기 앞에서 걸음을 멈췄다.

"어차피 사람 몸을 잃어버렸을 때부터 계속 우울했으니까. 이제 와서 좀 더 우울해진다고 달라질 것도 없어."

"헹, 터프하네. 지구인은 다 그렇게 정신력이 높은 건가?"

루나하이는 작은 칩 하나를 꺼내 슌에게 내밀었다.

"미안하지만 나는 너처럼 멘탈이 튼튼하지 못해서 말이야.

여기서 기다리고 있을게."

"상관없다. 나 혼자 내려가지. 그런데 이건 뭐지?"

"이거 조종법이야. 네 머리는 B형 사이보그 팩이니까… 관자놀이 부근에 넣는 곳이 있을 거야."

슌은 곧장 칩을 받아서는 주저하지 않고 관자놀이에 칩을 박아 넣었다. 루나하이는 짐짓 놀란 표정을 지으며 물었다.

"그렇게 의심 없이 막 넣어도 되는 거야?"

"뭔 소리지? 네가 넣으라고 했잖아?"

"그렇긴 하지만, 뭔가 위험한 바이러스나 코드가 들어 있을지도 모르잖아?"

"…말장난할 시간 없어."

슌은 가볍게 몸을 흔든 다음 곧바로 헬기의 운전석에 올라탔다.

"내 목표는 레빈슨을 죽이는 것뿐이다. 그걸 위해선 반드시 문주한이 살아 있어야 해."

"그것 참 쿨하네. 너도 문주한만큼은 아니지만 꽤 마음에 드는걸?"

루나하이는 눈을 가늘게 뜨며 음흉한 미소를 지어 보였다.

"괜찮으면 나중에 나랑 데이트하지 않을래? 이래봬도 오비탈 최고의 권력을 가진 두 명 중에 하나라고."

"사양하지. 그리고 어린애 얼굴로 그런 표정 짓지 마라."

슌은 딱 잘라 거절했다. 루나하이는 혀를 날름거리며 자신의 목덜미를 쓰다듬었다.

"보디야 네 취향에 맞는 걸로 바꾸면 그만이지. 어때, 뭐가 좋아? 맘에 드는 스타일이 있다면 그걸로……."

그 순간, 슌의 표정이 경직되었다. 루나하이는 눈살을 찌푸리며 투덜거렸다.

"너 뭐니? 아무리 내가 마음에 안 든다고 그런 표정을 지을 필요까진 없잖아?"

"…뒤를 돌아봐라."

"뭐?"

루나하이는 눈을 동그랗게 뜨며 뒤를 돌아봤다. 그곳에는 투명한 기운으로 몸을 감싼 남자가 허공에 떠 있었다.

끝없이 펼쳐진 스케라 구덩이 위로…….

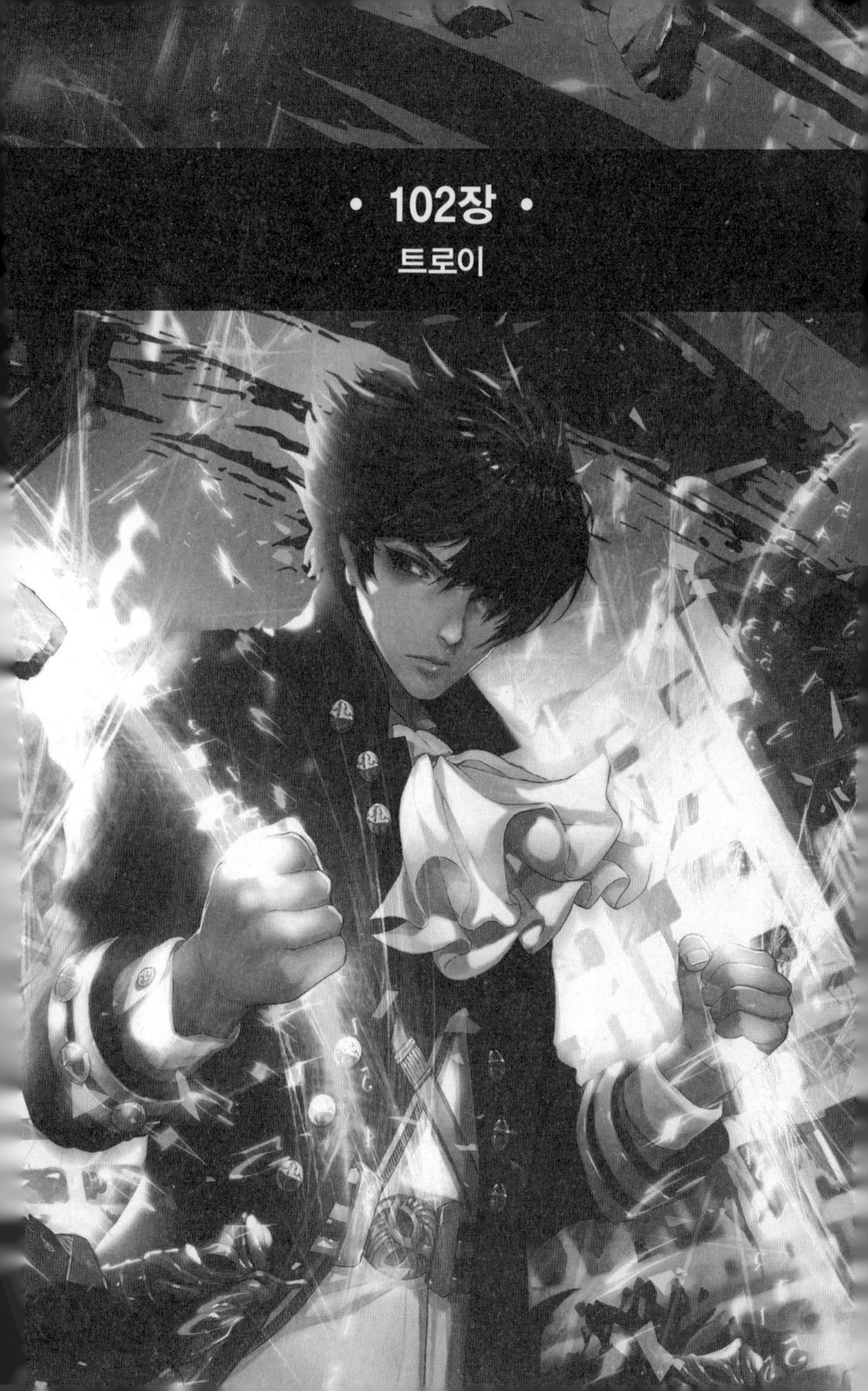
• 102장 •
트로이

초능력: 염동력(하급)

스케라 스텟이 50을 넘긴 순간, 나는 염동력을 쓸 수 있게 됐다.

마법처럼 누군가에게 뭔가를 배울 필요는 없었다. 내 두뇌는 염력을 이용해 사물을 들어 올리는 방법을 자연스럽게 깨우쳤다.

하급 염동력으로는 최대 500그램 정도의 물건을 움직일 수 있었다. 나는 물이 반쯤 남은 1리터짜리 페트병을 허공에 띄워 움직이며 서서히 그 힘에 익숙해졌다.

그리고 열 시간 정도 시간이 지났을까.

스케라를 150을 찍자 염동력의 등급이 중급으로 올랐다.

덕분에 염동력으로 들어 올릴 수 있는 무게가 급증했다. 30kg까지는 쉽게 가능했고, 정신을 집중하면 70kg까지 움직일 수 있었다.

예를 들면 내 육체라든가.

이 시점에서 나는 염동력을 활용해 이곳에서 탈출할 수 있다는 것을 깨달았다.

하지만 150의 스케라로는 염동력을 5분 정도밖에 유지할 수 없었다. 나는 조급해하지 않고 또다시 새로운 주제와 의문을 떠올리며 깊은 생각에 잠겼다.

'어떻게 하면 레빈슨을 잡을 수 있을까?'

이것이 가장 심각하게 고민한 주제다.

레빈슨은 최상급 맵온을 활용, 실시간으로 내 위치를 파악할 수 있다.

거기에 최상급 전이의 각인으로 여차하면 다른 차원으로 도망칠 수도 있다.

'정상적인 방법으로는 접근조차 불가능하다. 하지만 그 녀석도 인간이니 언젠간 잠을 잘 것이다. 경계하지 않을 만큼 최대한 가까운 곳에서 기다렸다가… 녀석이 잠든 시간에 빠르게 거리를 좁힌다면 가능하지 않을까?'

문제는 그가 대체 언제 잠을 자고, 언제 깨어 있는지 알 수 없다는 것.

하지만 이런 접근 방식 자체는 옳은 것 같다. 레빈슨을 잡기 위해서는 물리적인 힘이 아닌, 그의 심리적인 허점을 찔러야 했다.

그렇게 끝도 없는 가설과 시뮬레이션이 머릿속에서 쉴 새 없이 이어졌다.

그리고 얼마나 시간이 지났을까.

벌꿀이 바닥났다.

무려 100병이 넘게 챙겨왔는데 그것을 전부 마셔 버렸다.

'거의 30분 간격으로 서너 병씩 마셔댔으니…….'

나는 마지막으로 마신 꿀병을 허공으로 집어 던졌다. 지금 내 주변엔 각종 잡동사니와 쓰레기가 산더미처럼 쌓여 있는 상태였다.

그사이 스케라는 300을 돌파했다.

염동력은 여전히 중급이었다. 하지만 나는 슬슬 결단을 내려야겠다고 생각했다.

레빈슨을 잡을 방법이 떠올랐기 때문이다.

지금 밖으로 나가야 타이밍 좋게 작전을 실행할 수 있다. 물론 300의 염동력으로는 10분 정도밖에 비행할 수 없지만, 그 문제에 대한 해결책도 이미 마련해 두었다.

나는 염동력을 사용해 내 몸을 천천히 공중으로 띄웠다.

속도는 대략 1분에 50미터 정도.

이대로라면 구덩이 바닥에서 500미터 정도 상승한 지점에서 추락할 것이다.

내게 필요한 건 연료의 보급이었다. 나는 염동력을 사용함과 동시에 생각 수련을 통해 스케라를 실시간으로 회복했다.

'이미 오비탈 차원에 온 지 일주일이 지났다. 마음만 먹으면 이런 고생 안 하고도 지금 당장 레비그라스로 돌아갈 수 있지…….'

하지만 이대로 레비그라스로 돌아가 버리면, 레빈슨을 잡을 절호의 기회를 놓치게 된다.

'레빈슨도 지금 맵온으로 내 생존과 위치를 확인하고 있을게 분명하다. 내가 아직 레비그라스로 돌아가지 않은 것도.'

분명 이상하게 생각할 것이다.

저 녀석은 왜 탈출이 불가능한 스케라 구덩이 밑바닥에 가만히 있는 걸까?

이미 일주일이 지났으니, 그냥 곧바로 레비그라스로 넘어가버리면 될 텐데?

바라는 바다.

녀석이 고민하면 고민할수록, 내가 팔 함정에 더욱 깊게 빠질 것이다.

문제는 그다음이었다. 나는 레빈슨을 해치운 이후의 상황을 떠올리며 깊이 생각에 잠겼다.

'스케라의 초월체는 지금 이 행성으로 저주가 다가오고 있다고 말했다. 그건 단지 상징적인 의미일까? 아니면 보이디아 차원이 본격적으로 뭔가 일을 벌이기 시작했다는 건가? 그것도 아니라면…….'

이것 또한 어려운 문제다.

심지어 그 어려운 문제들을 고민하며 동시에 염동력을 컨트롤하는 것은 더욱 까다로웠다.

덕분에 나는 내가 가진 정신력의 극한을 경험했다. 뇌 속이 마치 여러 개로 분할되어, 동시에 다양한 작업을 수행하는 듯했다.

그 순간, 나는 주변이 약간 밝아지는 것을 느꼈다.

꽤나 위쪽으로 올라온 모양이다. 하지만 정신이 산란해질 것을 경계해 눈을 뜨진 않았다.

대신 시공간의 주머니에 손을 넣어 잡히는 모든 음식을 꺼내 먹었다.

비록 에오라스의 벌꿀은 없지만, 뭐든 먹는 것만으로도 정신력의 회복에 도움이 될 것이다.

그리고 허기도.

그렇게 얼마나 더 시간이 지났을까?

나는 눈을 감은 채, 주변의 세상이 점점 더 밝아지는 것을 만끽했다.

이미 내 몸은 구덩이 밖으로 완전히 빠져나온 상태였다.

나는 그제야 눈을 떴다. 그리고 헬기로 추정되는 기계 앞에서 있던 루나하이와 눈이 마주쳤다.

그녀는 마치 귀신이라도 본 듯한 표정이었다.

* * *

올더 랜드의 비샤의 방으로 들어온 나는 곧바로 다른 사람들을 바라보며 선언했다.

"시간 관계상, 최대한 빠르게 다음 작전을 진행하겠습니다."

"잠깐! 뭐가 그렇게 급해?"

루나하이는 깜짝 놀라며 되물었다.

"넌 지금 무려 6일 만에 스케라 구덩이를 빠져나왔어. 어차피 우리 계약도 있으니 좀 더 느긋하게 쉬는 게 어때? 아이릭은 그렇게 만만한 회사가 아니야."

"그게 아닙니다. 아이릭을 무너뜨리는 건 나중에라도 할 수 있습니다. 하지만 레빈슨을 죽이는 건 지금이 아니면 곤란합니다."

"지금 레빈슨이라고 했나?"

건너편에 서 있던 슌이 반색하며 되물었다. 나는 고개를 끄덕이며 설명했다.

"맞아. 지금이 레빈슨을 죽일 수 있는 절호의 기회다."

"그거 듣던 중 반가운 소리군. 하지만 접근하면 도망치지 않을까?"

"그래서 지금이 기회라는 거지."

"……?"

슌은 이해할 수 없다는 얼굴이었다. 그러자 관 속에 들어 있던 비샤가 맥 빠진 목소리로 말했다.

"어떤 새로운 작전을 짰던지 간에, 나는 당분간 도움을 줄 수 없을 것 같다. 스케라 구덩이에 너무 많이 접근했어. 그 탓에 독기가 생각만큼 쉽게 안 빠진다."

"괜찮습니다, 비샤. 이번 작전은 특별한 도움이 필요 없으니까요."

"하지만 레빈슨이라는 인간은 아이릭의 수도에 있는 게 아닌가? 어떻게 도움 없이 접근한다는 거지?"

"접근 자체는 루나하이에게 부탁하려 합니다. 방법도 생각해 놨습니다. 루나하이, 아이릭과 협상을 할 수 있겠습니까?"

"협상이야 내 전문이지."

작은 소녀는 어깨를 으쓱이며 되물었다.

"그런데 무슨 협상?"

"일종의 포로 반환 협상입니다."

나는 슌에게 다가가며 그에게 말했다.

"슌, 레빈슨을 죽일 수만 있다면 뭐든 한다고 했지?"

"당연하지."

"그럼 일단 이걸 받아라."

나는 품속에서 시공간의 주머니를 꺼내 내밀었다. 슌은 이해할 수 없다는 얼굴로 주머니를 받아 들었다.

"이건 왜?"

"뭔가 문장이 보이나?"

"문장? 아… 시공간의 주머니를 획득하겠냐고 하는 거?"

"그래, 허락해라."

나는 고개를 끄덕였다. 그러자 슌이 눈살을 찌푸리며 다시 물었다.

"우주의 돌도 획득하겠냐는데? 이게 뭐지?"

"상관없어. 뭐든 승낙해."

"알았다. 그런데 중요한 물건 아닌가?"

"나중에 다시 돌려받으면 되니 상관없어."

슌은 떨떠름한 표정을 짓고 있었다. 나는 한 발 뒤로 물러난 채, 그 자리에 있는 세 명을 번갈아 보며 말했다.

"그럼 지금부터 작전을 설명합니다."

* * *

레빈슨은 자신의 방에 앉아 있었다.

이곳은 아이릭 본사의 8층에 위치한 특별실로, 오직 그를 위해 마련된 일종의 무균실이었다.

물론 제거된 건 균이 아니라 스케라였다. 오비탈 차원 전체를 통틀어, 레빈슨은 오직 이곳에서만 우주복을 벗고 맨몸으로 지낼 수 있었다.

레빈슨은 방구석의 의자에 다소곳하게 앉아 있는 여자를 보며 생각에 잠겨 있었다.

스케라 구덩이를 빠져나온 문주한이 사라진 지도 이틀이 지났다.

맵온으로 몇 번을 검색해도 그의 고유한 종족값인 '초월자'나 '정령왕의 화신'이 표시되지 않았다.

분명 레비그라스로 돌아간 것이리라.

혹은 지구일지도.

어찌 되었든 한숨 돌린 셈이었다. 그가 노골적으로 자신을 죽이기 위해 이곳으로 온다면, 당장은 다른 차원으로 도망치는 것밖에는 방법이 없었다.

'문제는 내가 레비그라스로 도망친 순간, 문주한도 함께 레비그라스로 따라오는 경우다.'

그렇게 되면 이쪽이 유리하다. 문주한은 7일에 한 번씩 차원을 이동할 수 있는 반면, 그는 이틀에 한 번씩 이동이 가능했으니까.

하지만 이틀이 지나기 전에 자신의 은신처를 뚫고 들어온다면?

'그때는 정말 궁지에 몰릴 수도 있다. 이미 문주한도 맵온을 통해 내 위치를 파악하는 방법을 알아냈다고 보는 편이 좋겠지. 머리가 좋은 녀석이니까. 그러니 나는 언제나 그 이상을

보고 행동해야 한다.'

물론 레비그라스에 있는 마지막 은신처는 특별하다. 아무리 문주한이라 해도 쉽게 뚫고 오긴 어려울 정도로.

하지만 녀석은 언제나 그 이상으로 특별했다.

빛의 신께서 직접 역사하셨음에도 불구하고, 그는 이곳 오비탈에서조차 자신의 압도적인 힘을 과시했다.

은신처가 가지고 있는 특수한 환경조차도, 문주한이라는 인간이 가지고 있는 변수를 배제하기엔 부족하다.

최악의 경우, 레빈슨은 문주한이 따라올 수 없는 '다른 차원'으로의 전이까지 염두에 두고 있었다.

보이디아 차원.

정상적인 방법으로는 그곳에서 인간의 형상을 유지할 수 없다. 루도카 왕자는 그곳에서 정확히 한 시간 만에 거의 모든 인간성을 상실해 버렸다.

'하지만 외부의 힘을 차단하는 저 우주복만 있다면… 며칠 정도는 버틸 수 있을 거다.'

문제는 저 여자였다.

숨소리조차 거의 내지 않고 조용히 앉아 있는 지구인 여자.

이름은 세라라고 한다.

그녀는 자신이 오비탈 차원으로 전이시킨 지구인 중에서 유일하게 사이보그가 안 된 인간이다.

이유는 간단했다. 그녀가 빛의 신의 성물이 들어 있는 시공간의 주머니를 소유하고 있기 때문이다.

행여 사이보그로 바꿔 버렸다가 주머니의 주인으로서의 자격을 잃게 되면 매우 곤란했다.

'물론 사이보그가 된다고 자격을 잃는지는 확실하지 않다. 하지만 지금은 모험을 할 수 없어. 이제 와서 은신처에 남아 있는 지구인을 추가로 데려오는 건 곤란하니까.'

그렇다고 지구에서 새로 소환해 오는 지구인을 세뇌할 수도 없는 노릇이었다.

어쨌든 자신이 다른 차원으로 도망친다 해도, 세라가 이곳에 남아 있는 한 위기는 계속된다.

성물이 파괴되면 모든 게 끝장이니까.

'물론 누가 성물을 지키고 있는지 문주한이 알 방법은 없다. 혹시 알고 있다 해도 숨겨놓으면 찾을 방법이 없지. 나처럼 특별한 종족값을 가지고 있는 것은 아니니까.'

그렇다면 어딘가에 숨겨놓아야 한다.

지금처럼 자신과 함께 있는 것은 위험 부담을 두 배로 높이는 것이나 다름없었다.

'아이릭에게 따로 부탁해서 새로운 방을 만들어달라고 해야겠군. 아니면 급한 대로 우주복을 입힌 다음에 지하 깊은 곳에 숨겨놓는 것도 괜찮겠어.'

생각해 보니 우주복을 입힐 필요도 없다. 그녀는 지구인이기 때문에 스케라에 반응해 목숨이 위험해질 일은 없었다.

어찌 되었든 당장 급한 일은 아니다. 문주한은 더 이상 오비탈 차원에 없으니까.

녀석이 여기로 돌아오려면 앞으로 최소한 닷새는 더 있어야 한다.

그사이 해야 할 일이 많았다. 높은 마력을 가진 황태후를 활용해 대량의 지구인을 계속해서 소환하고, 기계와 융합시킨 신형 몬스터를 지구로 보내고, 아이릭이 제공하는 융합 기술을 활용해서 보다 강력한 융합체를 만들어내야 한다.

'오비탈의 기사단에, 소드 마스터와 아크 위저드를 하나로 융합시킬 수 있다면 제아무리 문주한이라도 버텨내지 못할 텐데…….'

그것을 위해선 먼저 소드 마스터가 필요하다.

그리고 소드 마스터를 만들기 위해서는 일단 레비그라스의 은신처로 돌아가야 한다.

레빈슨은 고민했다. 지금 당장 레비그라스로 돌아갈 경우, 이미 그곳에 있을 문주한이 자신을 찾아내 은신처로 뚫고 올 가능성에 대해서.

지잉!

그때 벽에 설치된 비디오 폰이 울렸다. 레빈슨은 즉시 걸어가 폰을 받았다.

"무슨 일입니까?"

—아이릭 회장님께서 사람을 보내셨습니다. 레빈슨 님께서

직접 확인해 주셨으면 합니다.

"사람이요?"

—네. 좀 전에 루나하이 회장이 아이릭 본사에 방문한 건 알고 계시겠죠?

그러고 보니 루나하이가 오늘 이곳을 방문한다고 했다. 레빈슨은 연락을 담당하고 있는 영상의 사이보그를 향해 고개를 끄덕였다.

"네. 펜블릭의 사후 처리를 위한 회의를 한다고 들었습니다만……."

—루나하이 회장은 회의가 끝나고 돌아가면서 어떤 인간을 아이릭 회장님께 양도하셨습니다. 회장님은 그 인간이 레빈슨님이 알고 계신 지구인인지 확인을 부탁하셨습니다.

동시에 영상에 어떤 인간의 얼굴이 나타났다. 레빈슨은 깜짝 놀라며 소리쳤다.

"지금 당장 그자를 데리고 면회실로 데려와 주십시오, 당장!"

* * *

면회실은 레빈슨의 방과 외부를 연결시켜 주는 완충 공간이었다.

레빈슨이 밖에서 누군가를 만나기 위해서는 먼저 우주복을 입고 방을 밀폐시키고 중간의 통로를 열고 밖으로 나가야 한다.

이것은 매우 귀찮고 복잡한 과정이었다. 때문에 간단한 대화는 인터폰이나 면회실을 통해 이뤄졌다.

면회실의 중앙엔 넓은 테이블이 놓여 있다.

그리고 테이블을 반으로 가르는 두꺼운 특수 유리벽을 중심으로 내부와 외부가 나눠진다.

대화는 무선으로 연결된 스피커폰을 통한다.

"이럴 수가……."

레빈슨은 유리벽 너머에 앉아 있는 남자를 보며 경악했다.

"슌치엔?"

그는 바로 몇 주 전, 자신이 직접 지구로 보낸 귀환자였다.

하지만 당시 장착했던 강력한 사이보그 바디는 온데간데없었다.

목 윗부분만 예전 그대로였고, 육체는 말 그대로 고철이나 다름없는 폐기물 덩어리였다.

"루나하이 회장이 크론톰 지방에서 회수했다고 합니다."

연락관인 사이보그가 측은한 목소리로 말했다.

"아무래도 그 부근에 살고 있는 '반란자'들이 쓸 만한 부품을 빼돌린 것 같습니다. 대신이랍시고 오래된 사이보그 바디를 붙여놨는데… 오히려 안 하느니만 못 한 짓을 했습니다."

"아니, 잠시만요."

레빈슨은 놀란 가슴을 뒤로한 채, 일단 슌치엔의 육체를 스캐닝했다.

그러고는 안도의 한숨을 내쉬었다.

"혹시나 했는데, 문주한의 계략은 아닌 모양이군요."

"네? 계략이라니요?"

"슌치엔은 제가 직접 지구로 보냈습니다. 그가 이곳에 있다는 건 문주한이 개입되어 있을 확률이 높습니다."

하지만 슌치엔의 스텟은 죽어가는 평범한 인간에 필적할 정도로 떨어진 상태였다.

그가 무슨 짓을 하더라도 둘 사이를 가로막은 이 특수 유리벽을 뚫는 것은 불가능하다.

이 유리벽은 과거에 문주한의 전력을 다한 공격조차 막아냈던 바로 그 유리벽과 같은 재질이다.

'비록 그때는 차원의 통로를 사이에 두고 있어 문주한의 힘이 약화됐지만… 어쨌든 소드 마스터급이 아닌 이상 이걸 파괴하는 건 불가능하다. 함정은 아닌 모양이군.'

"아무튼 이대로 내버려 두면 언제 죽을지 알 수 없습니다. 뇌수와 연결된 생명 유지 장치가 간당간당한 상태입니다. 어떻게 할까요? 회장님께서는 일단 지구인은 당신의 소관이니 전적으로 맡기겠다고 하셨습니다."

레빈슨은 슌치엔을 잠시 살피다 물었다.

"말이 통하는 상태입니까?"

"제대로 반응하진 않습니다. 뭘 물어봐도 같은 말만 반복합니다."

"무슨 말 말입니까?"

그러자 슌치엔이 게슴츠레한 눈으로 정면을 보며 말했다.

"나는 레비그라스에서 온 슌치엔이다. 지금부터 빛의 신의 뜻에 따라 지구의 인류를 절멸시키겠다……."

"세뇌는 아직 풀리지 않은 모양이군요."

레빈슨은 쓴웃음을 지으며 물었다.

"슌치엔, 대체 어떻게 된 겁니까? 어째서 당신이 이곳에 있죠? 지구에서 무슨 일이 있었습니까? 아니면 혹시 전이가 잘못된 겁니까?"

물론 자신은 빛의 신의 축복을 받고 있지만, 그렇다 해도 매우 드문 확률로 전이의 각인이 실패하기도 했다.

어쩌면 슌치엔은 지구 대신 오비탈 차원의 다른 곳으로 날려진 것인지도 모른다. 전이가 된 초기에는 거의 몸을 움직일 수 없기 때문에, 그곳에 있던 현지인들에게 강력한 육체를 빼앗긴 것도 있을 수 없는 이야기는 아니었다.

하지만 뭔가가 꺼림칙하다.

"나는 레비그라스에서 온 슌치엔이다. 지금부터 빛의 신의 뜻에 따라 지구의 인류를 절멸시키겠다……."

슌치엔은 마치 실성한 것처럼 똑같은 말만 반복할 뿐이었다. 그러다 갑자기 테이블 아래로 고개를 숙이며 기침을 하기 시작했다.

"콜록! 콜록! 쿠에엑!"

"무슨 일입니까?"

레빈슨이 의자에서 일어나며 물었다. 슌치엔과 함께 있던 연락관이 당황한 기색으로 말했다.

"큰일이군요. 보디가 너무 망가져서 순환 시스템이 고장 난 것 같습니다. 물론 전신 사이보그가 기침을 할 필요는 없지만… 인간이었을 때의 본능이 남아 있다면 이럴 수도 있습니다."

"빨리 조취를 취해주십시오. 지금 죽으면 곤란합니다. 알아내야 할 정보가 많기 때문에……."

그 순간, 유리벽 너머에서 뭔가가 번쩍였다.

동시에 연락관의 몸이 경직되었고, 슌치엔은 테이블 아래쪽에서 천천히 몸을 일으키며 그를 바라보았다.

정신이 나간 것처럼 멍했던 눈은 언제 그랬냐는 듯 강렬한 광기를 품고 있었다.

그와 동시에 레빈슨은 꺼림칙한 느낌의 원인을 알아냈다. 슌치엔의 스텟엔 반드시 있어야 할 어떤 것이 보이지 않았다.

마법 효과: 세뇌(상급)

"슌치엔?"

"…내 이름 부르지 마, 이 개 같은 놈아."

슌치엔은 썩은 듯한 미소를 지으며 손에 쥔 뭔가를 흔들어

보였다.

그것이 시공간의 주머니라는 것을 깨달은 순간, 레빈슨은 반사적으로 맵온의 각인을 발동시켰다.

'초월자!'

그러자 지도상에 금색 점이 반짝였다.

자신이 서 있는 곳과 거의 정확히 일치하는 공간에.

레빈슨은 즉시 자기 자신을 향해 오른 손바닥을 내밀었다.

하지만 그보다 빠르게, 보라색 오러를 머금은 광선검이 유리벽을 한 번에 절단하며 날아왔다.

초월자는 테이블 아래쪽에 숨어 있었다.

지이이이이잉!

첫 일격으로 레빈슨의 오른팔이 순식간에 날아갔다.

그리고 초월자는, 실로 눈에 보이지 않는 속도로 두 번의 칼질을 더해 유리벽에 삼각형 모양의 구멍을 뚫어냈다.

그리고 여유 있게 안으로 들어왔다.

"컥……."

레빈슨은 숨이 막히는 걸 느끼며 그 자리에 무릎을 꿇었다.

지금껏 한 번도 느껴본 적 없는 강렬한 독기가 그의 폐부 깊숙한 곳까지 스며들었다.

덕분에 새로운 전이의 각인도, 방어를 위한 마법도 전혀 사용할 수 없었다.

독기는 그의 온몸을 휘저은 다음, 곧장 머릿속으로 파고들었다.

"맞아. 넌 지구인이 아니었지?"

초월자가 레빈슨을 내려다보며 말했다. 레빈슨은 가까스로 고개를 치켜든 채 그를 노려보았다.

"문… 문주한……."

"혹시 트로이의 목마라는 걸 알고 있나?"

초월자는 바닥에 널브러진 레빈슨의 오른팔을 발로 멀리 밀어버리며 웃었다.

"모르겠지. 지구인이 아니니까. 아무튼 얼굴이 장난 아니군. 엄청 고통스러워 보이는데… 이것도 나름 괜찮은 최후겠어. 단칼에 죽이는 것보다는."

"끄윽… 끄륵… 끅……."

레빈슨은 목에서 피가 끓는 듯한 소리와 함께 억지로 말했다.

"말도 안 돼… 어째서… 난 그분의 뜻에 따라… 모든걸 대비하고 준비하고… 실행했는데……."

"그분이 널 버렸나 보지."

초월자는 내뱉듯이 말했다.

"지금 네 얼굴을 그들이 봐야 할 텐데… 하지만 그럴 순 없겠지. 이젠 존재하지 않는 사람들이니까."

레빈슨은 초월자의 말을 이해할 수 없었다. 그의 머릿속에 들어 있는 것은 어떻게든 이 장소를 탈출해야 한다는 본능뿐이었다.

하지만 그것은 불가능했다.

"커억… 커억… 안 돼… 난 아직 해야 할 일이… 아직 준비해 놓은 많은 일들이… 커억!"

"어때 슌, 조금은 마음이 풀리나?"

슌치엔은 어느새 이쪽으로 넘어와 있었다. 그는 더할 나위 없이 만족한 얼굴로 미소를 지었다.

"그래, 행복하군."

"좋아. 가능한 오래 끌고 싶지만… 안타깝게도 시간이 없어서."

초월자는 마치 레빈슨의 고통을 줄여주겠다는 듯, 손에 쥔 광선검을 높이 치켜들었다.

"가서 레비에게 전해라. 넌 실패했다고."

그리고 끔찍한 소음이 울려 퍼졌다.

'어째서……'

레빈슨은 마지막까지 이해할 수 없었다.

자신이 해온 이 모든 일은, 신께서 부여해 주신 절대적인 사명이 아니었던가?

'빛의 신이시여, 어째서 입니까? 왜 저는 이곳에서 이렇게 죽어야 하는 겁니까? 당신을 위해 모든 것을 준비하고 실행했습니다. 계획하고, 대비만 해놓고, 아직 실행으로 옮기지 않은 무수한 일들이 남아 있습니다. 그런데 어째서?'

레빈슨은 빛의 신에게 대답을 갈구했다.

하지만 신은 대답하지 않았다.

* * *

나는 레빈슨의 몸을 정수리부터 사타구니까지 둘로 쪼갰다.

덕분에 참혹한 광경이 펼쳐졌다. 하지만 특별히 끔찍한 짓을 했다는 생각은 전혀 들지 않았다.

나는 레빈슨의 시체를 뜯어 먹기 시작한 슌을 보며 눈살을 찌푸렸다.

"자기가 한 말을 꼭 지킬 필요는 없어. 시간이 없으니 빠르게 움직이자."

"…적어도 한 입은 씹어줘야지."

슌은 우물거리던 살점을 뱉으며 미소를 지었다.

어쨌든 작전은 성공적이었다.

이번 작전을 성공시키기 위해서는 일단 몇 가지 전제 조건이 필요했다.

1. 시공간의 주머니 속에 들어갈 경우, 레빈슨의 맵온에서 사라지는가?

일단 내가 테스트한 바는 통했다. 주머니 밖에서는 슌이 검색됐지만, 속에 집어넣자 검색이 안 됐기 때문이다.

물론 나는 온몸이 살아 있는 인간이라 주머니 속에 들어갈 수 없다.

하지만 여기엔 특별한 예외가 있었다. 과거에 스텔라가 알려준 방법으로, 주머니 속의 성물을 손으로 잡는다면, 살아 있는 인간이라 해도 주머니 속에 들어갈 수 있는 것이다.

2. 아이릭의 본사에 슌을 넘겨줄 경우, 아이릭은 과연 레빈슨에게 슌을 보낼 것인가?

이 문제는 여러 가지로 변수가 있었다. 어차피 모든 변수를 전부 컨트롤할 수 없기 때문에, 나는 딱 두 가지 경우만 계획해 놓았다.

슌과 레빈슨이 만난다면, 지금처럼 슌이 날 주머니에서 꺼내 즉석에서 레빈슨을 제거한다.

만약 아니라면 적당한 곳에서 날 꺼낸 다음, 레빈슨이 있는 곳을 직접 찾아간다.

물론 후자는 레빈슨이 눈치를 채고 미리 도망칠 가능성이 높았다. 아무래도 아이릭 본사에 난리가 벌어질 테니까.

하지만 작전은 성공적이었다.

나는 새빨갛게 물든 레빈슨의 옷을 뒤지며 고개를 저었다.

"특별히 가지고 있는 건 없군. 빛의 신의 성물이 들어 있는 주머니는 세라라는 지구인이 가지고 있다고 했나?"

"그래. 별거 없으면 이제 시체 치워도 될까?"

나는 고개를 끄덕였다. 슌은 이때를 위해 갈아 끼운 고물 바디를 열심히 더럽히며 레빈슨의 시체를 주머니 속에 집어넣었다.

"먼저 죽인 사이보그의 시체는?"

"그것도 집어넣어 둬. 시체가 없어야 아이릭을 더 혼란시킬 수 있을 테니까."

나는 바닥에 흥건한 핏물을 냉기 마법으로 얼린 다음, 빠르게 조각을 수습해 집어 들었다.

그사이 슌이 사이보그의 시체를 처리하고 돌아왔다. 나는 새빨간 얼음 조각을 시공간의 주머니 속에 집어넣은 다음, 즉시 주머니의 소유권을 다시 넘겨받았다.

나는 천장과 벽을 살피며 물었다.

"그런데 여기 감시 카메라 같은 게 있지 않을까?"

"몰라. 얼핏 기억나는 건 완전히 깨끗한 방이라고 했던 것 같은데… 아무래도 세뇌당해 있던 시절이라 정확히는 모르겠어. 아이릭이 거짓말한 걸 수도 있고."

슌은 고개를 저으며 면회실의 문을 조작하기 시작했다.

"하지만 이 문을 여는 방법은 기억하고 있지. 이거랑 이걸 누르면……."

쉬익!

순간 문이 열리며 누군가의 기침 소리가 들리기 시작했다.

"콜록! 콜록! 콜록!"

'누구지?'

나는 광선검을 뽑아 들고 방 안으로 몸을 날렸다. 방 안에는 어떤 여자가 의자에 앉은 채 연신 기침을 하고 있었다.

"세라!"

뒤따라온 슌이 소리쳤다.

위이이이이이이이이이이이잉!

동시에 면회실 바깥쪽으로 요란한 경보음이 울려 퍼지기 시작했다.

'들통났나?'

그렇다면 최대한 빠르게 움직여야 한다. 우선 기침을 하고 있는 세라를 향해 달려가, 맹렬한 속도로 그녀의 몸을 뒤지기 시작했다.

또 하나의 시공간의 주머니는 그녀의 가슴팍 안쪽에 들어 있었다.

"이건 안 돼……."

그러자 인형처럼 앉아 있던 여자가 반응하기 시작했다. 나는 1초 만에 그녀를 제압한 다음, 그녀의 몸을 통째로 시공간의 주머니 속에 집어넣으려 했다.

하지만 그럴 수 없었다.

"…인간인가?"

세라의 몸은 사이보그 특유의 중량감이 없었다. 나는 기절한 여자를 노려보며 3초 정도 고민했다.

'이대로 그냥 내버려 두면 결국 사이보그로 개조되어 지구로 보내질 가능성이 높다. 그렇다면 여기서 죽여야 할까?'

"뭐 하냐, 문주한!"

슌이 초조한 얼굴로 재촉했다. 나는 무심코 방구석에 놓인 우주복을 가리키며 물었다.

"슌! 저거 레빈슨이 착용하던 거지?"

"맞아! 근데 빨리 탈출하지 않으면 위험해!"

"어떻게 작동하는지 알고 있나?"

슌은 눈치가 빨랐다. 그는 우주복의 작동 버튼을 누르며 소리쳤다.

"빨리 여기 집어넣어!"

나는 즉시 세라를 우주복에 집어넣었다. 우주복은 자동으로 작동하며 외부와 밀폐되었다.

'제발 들어가라…….'

나는 우주복을 입은 세라를 시공간의 주머니 속에 밀어 넣었다.

다행히 이번에는 안으로 들어갔다. 나는 안도의 한숨을 내쉬며 슌의 몸을 붙잡았다.

"그럼 작전대로 진행한다! 나중에 레비그라스에서 꺼내줄게!"

"그래!"

이번에는 순을 집어 들고 주머니 속에 집어넣었다.

그때 면회실 쪽에서 폭음이 들렸다.

콰과과과과과과과과과과광!

경비병이 진입을 시도하는 모양이다. 물론 싸우면 내가 이기겠지만, 지금은 최대한 흔적을 남기지 않고 사라지는 게 우선이었다.

나는 즉시 전이의 각인을 발동시켰다.

[이동할 목표를 떠올려 주십시오.]

나는 곧바로 레비그라스의 자유 진영에 있는 안티카 왕국의 도시인 뱅가드를 떠올렸다.

동시에 머릿속에 뱅가드의 정경이 희미하게 스치며 새로운 문장이 나타났다.

[목표는 레비그라스로 설정됐습니다. 현재 위치한 오비탈과 다른 차원이므로, 대상이 레비그라스와 접촉한 자가 아니면 전이가 불가능합니다.]

나는 오른팔에 각인의 감각을 느끼며 스스로를 겨냥했다.

'설마 이번에도 실패하진 않겠지…….'

나는 입술을 깨물었다.

동시에 환한 빛이 내 몸을 휘감았다.

다행히도 이번에는 전이 실패의 문장이 떠오르지 않았다.

• 103장 •

귀환자

"…이미 떠났으려나?"

루나하이는 수송선 안에서 창밖을 보며 중얼거렸다.

일이 잘 풀렸다면 지금쯤 문주한이 레빈슨을 죽이고 다른 차원으로 도망쳤을 것이다.

레빈슨의 존재는 루나하이에게도 위협이었다. 아이릭은 레빈슨과 손을 잡은 이후 '지구인'이라는 강력한 변수를 손에 넣었기 때문이다.

하지만 그것도 이제 끝이다.

'정보에 따르면 지구인을 확보할 수 있는 또 다른 존재가 있지만… 어쨌든 지구와 관련된 모든 일을 주관하는 것은 레빈

슨이었다고 하니까.'

그녀는 이 모든 걸 감안해 직접적으로 사건에 개입했다. 덕분에 아이릭이 이 문제를 가지고 책임을 추궁해 올 것은 분명했다.

'아무리 증거를 남기지 않고 도망친다 해도… 결국 나한테 태클을 걸겠지?'

물론 그래도 큰 상관은 없다. 그녀는 이미 오비탈 차원에서 가장 강력한 세력의 리더가 되어 있었으니까.

펜블릭은 사실상 와해되었고, 아이릭은 스케라 구덩이의 사건으로 단기간에 복구가 불가능한 손실을 입었다.

그런 이 시점에서 전쟁이라도 터진다면?

'바라는 바야. 이참에 오비탈을 아예 통일시켜 버려야지.'

오비탈은 문주한의 등장으로 쑥대밭이 되었다. 하지만 그 과정에서 루나하이가 입은 손실은 사실상 제로였다.

우웅…….

그때 본사의 연락이 들어왔다. 루나하이는 소매에 달린 단추를 누르며 말했다.

"나야, 무슨 일이지?"

—안녕하십니까, 회장님. 좀 전에 우주 개척부에서 급한 연락이 들어왔습니다.

"우주 개척부?"

루나하이는 잠시 눈을 깜빡이다 말했다.

"아, 그런 것도 있었지? 그런데 왜? 혹시 달 기지에서 자원 탐사가 실패했대?"

—아닙니다. 프렉탈 쪽에서 문제가 생긴 것 같습니다.

"프렉탈?"

루나하이는 또다시 한참 동안 눈을 깜빡였다.

"갑자기 프렉탈은 왜? 거긴 우리가 진출한 식민지가 없잖아?"

프렉탈은 오비탈로부터 약 8천만 ㎞ 떨어진 곳에 위치한 행성이다. 본사 직원은 잠시 머뭇거리다 설명했다.

—우주 개척부의 탐지에 따르면, 프렉탈의 위성인 캡슐3호로부터 약 33대의 대형 수송 로켓이 발사되었다고 합니다.

"뭐? 그건 또 무슨 헛소리야?"

덕분에 루나하이는 자신의 머릿속에 들어 있는 캡슐3호에 대한 정보를 억지로 끄집어내야 했다.

"캡슐3호라니… 거긴 백 년도 더 전에 폐쇄됐잖아? 그 사건 이후로……."

순간, 그녀는 헉 소리를 내며 입을 다물었다.

캡슐3호는 원래 오비탈 제국이 개척했던 식민지다.

그리고 제국이 멸망한 이후, 3대 기업 중 하나인 펜블릭이 인수받아 자체적으로 운영했다.

하지만 지금으로부터 약 120년 전, 캡슐3호 전역에 원인 불명의 차원 균열이 생기며 보이디아 차원의 존재가 나타나기 시작했다.

루나하이는 나지막한 목소리로 중얼거렸다.

"공허 합성체… 설마……."

당시 캡슐3호에 출몰한 공허 합성체는 눈에 보이는 모든 인간을 무차별적으로 학살했다.

바로 그 사건으로 인해, 오비탈의 권력자들은 '보이디아'라는 차원에 대한 경계와 반격 수단을 연구하기 시작했다.

"하지만 캡슐3호에는 생존자가 없어. 만약 있다 해도 벌써 120년 전이고. 어째서 그곳에서 로켓이 발사된 거야? 아니, 애당초 어째서 그곳에 33대나 되는 로켓이 존재할 수 있지?"

—자세한 경위는 알 수 없습니다. 현재 저희가 보유한 모든 정보를 교차 검증해 원인을 분석 중에 있고…….

"잠깐, 기다려. 그 전에 로켓이 어디로 날아오고 있는지는 알아냈어?"

루나하이는 급하게 직원의 말을 끊었다. 직원은 가볍게 헛기침을 하고는 무거운 목소리로 말했다.

—로켓의 궤도를 분석한 결과, 33대 전부 앞으로 약 71시간 후에 이곳 루나하이 시티에 충돌하게 됩니다.

"격추시켜 버려!"

그녀는 1초의 틈도 주지 않고 소리쳤다.

"지금부터 로켓의 격추에 루나하이의 모든 자원을 집중해! 말이 대형 수송 로켓이지, 실체는 그냥 초대형 미사일이나 다름없다고!"

심지어 그것조차 로켓이 텅 비어 있을 때의 이야기다.

만약 로켓의 내부에 캡슐3호에서 채굴한 특정 광물이나 연료가 가득 실려 있다면, 폭발 순간 루나하이 시티가 단숨에 날아갈 만큼의 대재앙이 발생할 가능성도 높다.

—이미 대응 부서를 만들고 대처 중에 있습니다. 회장님의 재가가 떨어졌으니 곧바로 비상사태에 들어가겠습니다.

본사의 직원들은 이미 빠르게 반응하고 있었다. 루나하이는 통신을 끊고는 길게 한숨을 내쉬었다.

'아무래도 오비탈을 쉽게 통일시켜 줄 생각은 없나 보네… 그런데 대체 누가 로켓을 쏜 거지? 그리고 로켓 안에는 뭐가 실려 있고?'

* * *

나는 익숙한 향기를 맡으며 천천히 눈을 떴다.

"오, 정신이 드나?"

그러자 옆에 앉아 있던 노인이 말을 걸었다. 노인은 정체불명의 말린 풀을 우려내며 검은 액체를 만들고 있었다.

나는 누워 있던 바닥에서 천천히 몸을 일으키며 물었다.

"여긴… 어디입니까?"

"저런, 아무래도 일사병이 심한 모양이군. 여기가 어딘지조차 잊어버린 건가?"

노인은 우려내던 액체를 컵에 따르며 말했다.

"우선 커피부터 한잔 마시게. 몸은 좀 괜찮나?"

커피라는 단어에 정신이 번쩍 들었다. 하지만 컵에서 풍기는 향기는 절대 내가 알고 있는 그 커피 향이 아니었다.

'이건 레비그라스의 가짜 커피 냄새다. 그렇다면……'

나는 즉시 맵온을 열고 내가 위치한 곳을 파악했다.

그리고 안도의 한숨을 내쉬었다.

이곳은 레비그라스였다.

그리고 자유 진영이었으며, 그리고 뱅가드였다.

"정말 괜찮나? 여긴 내 가게네. 갑자기 가게 앞에 자네가 쓰러져 있어 안으로 데려왔지."

나는 고개를 끄덕이며 맵온의 설명을 읽었다.

"33번가에 있는 카페군요. 카페 무리스?"

"내 이름이 무리스야. 이제야 좀 기억이 나나 보군. 아무튼 커피부터 좀 마시게. 몸에 좋은 약초를 섞은 내 오리지널이야."

아무래도 노인의 눈에는 내가 카페 앞을 지나가다 일사병으로 쓰러진 환자로 보이는 모양이다.

나는 노인이 내민 검은 액체를 단숨에 들이켰다. 순간 욕이 나오려는 것을 참으며 미소를 지었다.

"감사합니다. 그런데 손님이 별로 없군요?"

"아무래도 전만은 못하지. 그놈의 빅 스카인가 뭔가 하는 괴물이 휩쓸고 지나간 이후로 말이야."

노인은 텅 빈 가게를 둘러보며 눈살을 찌푸렸다.

'물론 그것 때문만은 아닌 것 같지만……'

나는 한동안 멍하니 그곳에 선 채, 노인이 건네주는 두 잔째의 흉악한 액체를 들이켰다.

그래도 좋았다.

이유는 간단했다. 레빈슨이 죽었으니까.

그것도 내 손으로 직접 죽였다.

정작 죽였던 그 순간엔 크게 느낌이 없었다. 그저 정해진 작전을 수행 중이었고, 시공간의 주머니에서 빠져나온 지 얼마 안 된 탓에 정신이 없었다.

하지만 나는 로봇이 아니다.

당시에 내가 느끼지 못한 감정은, 그저 안심하고 느낄 수 있을 때까지 잠시 동안 날 기다려 줬을 뿐이었다.

나는 웃었다.

얼마나 신나게 웃었는지, 옆에 앉은 노인의 표정이 한층 더 걱정스럽게 변했다.

"자네… 정말 괜찮은 건가?"

"하하, 하하, 하하하… 아, 네. 괜찮습니다."

나는 너무 웃어서 나온 눈물을 닦으며 고개를 끄덕였다.

결국 해낸 것이다.

비록 그것이 내가 해야 할 최종 목적은 아니라 해도, 멸망한 지구에게 갚아야 할 최소한의 원한을 갚아준 것이다.

지금 지구 말고.

이미 멸망한, 나의 지구에 살고 있던 그 많은 인간들…….

그러자 눈물이 났다.

참을 수 없는 눈물이 미친 듯이 쏟아졌다.

나, 박 소위, 규호, 스텔라.

이 넷을 제외한 그 누구도 기억하지 못하는 과거의 인류가 안타까워서 울었다.

그리고 다시 웃었다.

이번엔 소리 없는 미소였다.

이번 생에 레빈슨에게 납치당해 죽었고, 살았더라도 몸과 마음을 망친 수많은 지구인들의 원한을 갚았다.

그것이 뿌듯해서 웃음이 나왔다.

빨리 이 소식을 다른 동료들에게 알려주고 싶다. 그리고 납치에서 풀려난 수많은 지구인들에게도.

나는 눈물을 닦으며 노인에게 물었다.

"그런데 무리스 씨, 얼마 전부터 지구에 괴물들이 나타나기 시작했죠?"

"지구? 아, 차원경 말인가?"

노인은 손수건을 내밀며 걱정스러운 얼굴로 내 얼굴을 살폈다.

"역시 자네… 머리를 다친 거 아닌가? 자유 진영에서 그거 모르는 사람이 어디 있다고… 혹시 기억상실증이라도 온 건가? 감정의 기복도 심해 보이고…….”

“아닙니다. 저는 지극히 정상입니다. 어쨌든 차원경에 괴물들이 처음 나타난 게 며칠 전입니까?”

“글쎄, 대충 40일쯤 전 아닌가? 50일이던가?”

“그렇군요.”

나는 또 한 번 안도의 한숨을 내쉬었다.

그 정도면 대충 시간이 맞는다.

내가 걱정한 것은 혹시 지구나 오비탈 차원의 시간의 흐름과 레비그라스의 시간의 흐름이 급격히 다를지도 모른다는 추측이었다.

“요즘도 계속 출몰하고 있지. 어째 점점 더 강한 괴물이 나오는 것 같아. 나도 저녁에 손님 없으면 가게 문 닫고 친구 영감네 가서 차원경을 본다네. 그 영감네 차원경에 그런 게 자주 나오거든.”

“그렇군요. 그런데 그렇게 손님이 없다면…….”

나는 시공간의 주머니 속에서 40kg짜리 원두 한 포대를 꺼냈다.

“어이쿠, 뭔가 그건! 어디서 이게 튀어나왔어!”

노인은 깜짝 놀라며 뒷걸음쳤다. 나는 테이블 위에 원두를 올려놓으며 말했다.

“이건 진짜 커피의 재료입니다.”

“뭐? 커피?”

"지구에서 생산하는 오리지널입니다. 카페 입구에 '진짜 오리지널 지구 커피 있습니다!'라고 광고를 하면 손님이 좀 들어올 겁니다."

*　　*　　*

나는 아차 하며 중얼거렸다.

"아, 그러고 보니 그 노인에게 커피 만드는 방법을 알려주지 않았네."

"뭐?"

옆에 서 있던 슌이 눈살을 찌푸리며 물었다.

"노인? 커피? 그게 무슨 소리지?"

"어제 처음 돌아왔을 때 만난 사람인데… 뭐, 그런 게 있어."

나는 대충 둘러댔다. 슌은 상관없다는 듯 호텔 침대에 누워 있는 여자를 향해 시선을 돌렸다.

"세라는 순수한 인간이었다. 어째서 우주복에 넣으면 시공간의 주머니에 들어갈 거라고 생각한 거지?"

슌이 물었다. 나는 침대에 누워 있는 여자를 보며 대답했다.

"너도 들어갔으니까."

"뭐?"

"너도 살아 있는 인간인데 주머니에 들어갔으니까."

"하! 이런 나를 살아 있다고 해도 되는 건가?"

슌은 기사단의 육체로 갈아 끼운 자신의 육체를 노려보았다. 나는 잠시 뜸을 들인 다음 말을 이었다.

"결국 평범한 인간이라도 외부와 완전히 밀폐된 뭔가로 둘러싸면 주머니 속에 넣을 수 있다는 거지. 그렇게 판단하고 시도한 거다."

"하지만 안 됐을 수도 있잖아? 그럼 어떻게 하려고 했어?"

"아마 죽였겠지."

나는 솔직하게 답했다.

슌은 기절해 있는 자신의 동료를 보며 고개를 끄덕였다.

"그래… 그게 좋았을 거야. 나처럼 사이보그로 개조되는 것보다는……."

"그럼 내가 알아낸 방법은 쓸모가 없어진 거야?"

내 옆에 바짝 붙어 있던 스텔라가 물었다. 나는 그녀의 손을 잡으며 고개를 저었다.

"아니야. 그 방법을 몰랐다면 레빈슨을 죽일 수 없었어. 고마워, 스텔라. 이게 다 네 덕분이야."

"정말로 레빈슨을 죽인 거야?"

"그래, 정말로. 증거를 보여줄 수도 있지만……."

나는 레빈슨의 시체가 들어 있는 시공간의 주머니를 꺼내며 웃었다.

"여기서는 곤란하겠네. 방이 더러워질 거야."

"괜찮아. 꺼내지 마."

스텔라는 미소를 지으며 내 팔을 안았다.

"무사히 돌아와서 기뻐, 주한."

"나도. 솔직히 이번에는 예상 못 한 변수가 너무 많았어."

똑똑…….

그때 크로니클의 직원이 호텔 방문을 두드리며 안으로 들어왔다.

"실례지만 회장님이 찾으십니다. 모두 회의실로 와주실 수 있겠습니까?"

* * *

"차원경의 지구가 실제로는 석 달 전의 지구였을 줄이야……."

박 소위는 회의실의 벽에 걸린 대형 차원경을 노려보며 말했다.

"솔직히 상상도 못 했습니다. 그럼 최소한 40일은 더 지나야 차원경에 준장님의 모습이 나오겠군요?"

"아마도."

나는 짧게 대답한 다음, 회의실에 모인 사람들을 둘러보았다. 이곳엔 박 소위와 마리아, 그리고 스텔라와 슌밖에 없었다.

"그런데 규호는 어디 갔지?"

"규호는 엑페 님과 함께 젠투의 대신전에 나가 있습니다."

"왜?"

"준장님이 다른 차원에 가계신 동안 레비그라스에 새로운 공허 합성체가 출몰했습니다."

"뭐?"

나는 반사적으로 소리쳤다.

"우주 괴수가? 언제? 몇 마리나 나타났지? 어디에? 그리고 등급은?"

"처음 나타난 장소는 신성제국의 성도인 류브입니다."

박 소위는 기다렸다는 듯이 차분하게 답했다.

"13일 전이고, 한 마리였습니다. 등급까지는 잘 모르겠군요."

"전에 류브에 출몰했던 녀석이 상급이었다. 녀석과 비교하면?"

"그럼 비슷할 겁니다. 엑페 님이 제압하실 수 있었으니까요. 이후에 젠투의 대신전 주변에 또 한 마리가 출몰했고, 마찬가지로 엑페 님과 규호가 처리했습니다."

박 소위는 넓은 테이블 위에 놓인 레비그라스의 세계지도를 가리켰다.

"그런데 닷새 전에 젠투의 대신전에 한 마리가 또 나타났습니다. 그리고 사흘 전에도, 그리고 어제도 또 나타났습니다. 덕분에 두 사람은 아예 그곳에 주둔 중입니다. 비슷한 시기에 류브에도 새로운 녀석이 나타났지만… 당장 자유 진영이 급한 지라 손을 쓰지 못하고 있습니다."

나는 팔짱을 끼고 잠시 생각하다 물었다.

"신성제국은 자체적으로 공허 합성체를 처리할 수단이 없나?"

"네. 제국은 대처를 포기한 채 류브에 살고 있는 시민 대부분을 다른 도시로 이주시키는 중입니다."

"그럼 내가 가야겠군. 그런데……."

나는 지도에 놓인 두 개의 괴물 모형을 번갈아 보며 물었다.

"이 두 곳은 레비그라스에 처음으로 공허 합성체가 나타났던 장소기도 하지. 그것과 관련이 있는 건가?"

"아무래도 그런 것 같습니다. 물론 자체 조사로는 딱히 알아낸 게 없습니다. 알아낼 방법도 없고 말입니다."

박 소위는 질렸다는 듯 양어깨를 으쓱였다.

"아무튼 준장님이 돌아오셔서 다행입니다. 현재로써는 공허 합성체를 상대할 수단이 엑페 님과 준장님뿐이니까요."

나는 서너 마리의 우주 괴수가 서성거리며 돌아다니는 도시의 전경을 상상하며 고개를 저었다.

"잡는 건 문제가 아니야. 이대로 점점 더 많은, 그리고 더 강한 우주 괴수가 쏟아져 나오면 아무리 나라도 대처가 불가능해."

"돌아오시자마자 비보를 전해 드리게 되어 안타까울 뿐입니다. 그래도 현재까지는 큰 피해 없이 잘 막아내고 있습니다."

박 소위는 그렇게 말하며 젠투의 대신전에 놓인 괴물 모형을 치웠다.

“그보다 어제는 경황도 없고, 준장님도 휴식을 취하시느라 자세한 이야기를 못 들었습니다. 일단 그간 있었던 일들을 설명해 주시겠습니까? 어째서 준장님이 귀환자 슌치엔과 함께 돌아왔는지 정말 궁금하군요. 심지어…….”

“슌이라고 불러.”

슌이 무뚝뚝한 말투로 끼어들었다. 박 소위는 대단히 복잡한 얼굴로 슌의 얼굴과 몸을 번갈아 보았다.

“…육체가 완전히 사이보그가 된 슌과 함께 말입니다. 이거 사이보그 맞죠? 전에 제가 사용한 사이보그 팩과 같은 겁니까?”

“그보단 좋은 거지.”

나는 쓴웃음을 지으며 그간 있었던 일들을 간략하게 설명했다.

“…그래서 결국 레빈슨을 죽였다.”

“과연… 그렇군요.”

박 소위는 크게 심호흡을 하며 고개를 끄덕였다.

“어제는 그냥 레빈슨을 죽였다고만 하셨죠. 자세한 이야기를 들으니… 장난이 아니군요. 지금 말씀하신 게 고작 한 달 사이에 벌어진 일입니까? 믿기 어렵군요.”

“정확히는 지구에서 1주. 오비탈에서 14일 정도다. 이쪽 시간으로는 12일이 추가로 더 지났나 보군. 어디서 어떻게 차이가 나는지는 모르겠지만."

현재로서는 비어 있는 시간의 원인이 지구인지 오비탈인지 알아낼 방법이 없었다.

박 소위는 고개를 끄덕이며 화제를 돌렸다.

"그렇다면 방에 눕혀놓은 그 여자가 바로 지구인 귀환자인 세라겠군요. 아직 대신전의 세뇌에 걸려 있는 상태가 아닙니까?"

"맞아. 하지만 특별히 싸우라는 지시를 받진 않은 것 같다."

"가만 내버려 두면 괜찮을까요? 그래도 위험하니 호텔 지하의 독방으로 옮기도록 하겠습니다."

우리가 있는 곳은 현재 뱅가드에 남아 있는 유일한 최상급 호텔이었다. 나는 고개를 끄덕이며 박 소위의 의견에 동의했다.

그다음, 나는 시공간의 주머니를 꺼내 테이블 위에 올려놓았다.

"지금부터 우리는 심각한 문제를 처리해야 한다."

"네? 시공간의 주머니요?"

박 소위는 잠시 당황하다 고개를 끄덕였다.

"아! 보급품이 바닥난 것 말씀이시군요. 걱정 마십시오. 지금 당장에라도 마력 회복 포션과 에오라스의 벌꿀을……."

"이건 레비의 성물이 들어 있는 주머니다."

나는 박 소위의 말을 끊었다.

"이 안에는 '광속의 정수'라는 성물이 들어 있다. 실제로 확인해 본 건 아니지만."

"그렇다면 이게……."

박 소위는 침을 꿀꺽 삼키며 주머니를 노려보았다.

"결국 성물은 신… 그러니까 초월체 그 자체라 해도 틀린 말이 아니지 않습니까?"

"그렇지."

"그럼 지금 당장 레비의 성물을 파괴하는 게 좋지 않을까요?"

박 소위는 실로 1초의 망설임도 없이 의견을 피력했다. 하지만 나는 한동안 주머니를 바라보며 아무 말도 하지 않았다.

"…준장님?"

"아니, 네 말이 맞아. 다만 몇 가지 문제가 있다. 우선 이걸 파괴하면 나는 더 이상 전이의 각인을 사용할 수 없게 된다."

성물을 파괴하면, 그 신이 내렸던 모든 각인 능력이 사라지게 된다.

이미 시공간의 신, 크로아크의 성물이 파괴되며 그가 주관하던 스캐닝 능력이 모조리 사라졌다.

내가 아직 스캐닝을 쓸 수 있는 것은 각인 능력을 최상급까지 높였기 때문이다. 박 소위는 심각한 얼굴로 한동안 고민하다 말했다.

"그리고 레비그라스의 모든 교통망이 일제히 마비되겠군요."

"동시에 영원히 마비되겠지."

"잠시만요, 그래도 이미 만들어놓은 게이트는 남아 있을지도 모르지 않나요?"

가만히 앉아 있던 마리아가 손을 들며 끼어들었다.

"지금도 텔레포트 게이트 자체는 마력만 있으면 사용할 수 있으니까요. 이미 전 세계에 빽빽하게 깔려 있으니 그 정도면 괜찮을 것 같은데요?"

"그럴지도, 하지만 성물을 파괴한 순간 모든 게이트가 일제히 사라질지도 모르지."

박 소위는 비관적인 표정으로 말했다. 마리아 역시 심각한 얼굴로 지도를 바라보며 고개를 끄덕였다.

"그렇죠. 단순히 운에 맡기기엔 너무 거대한 일이네요. 텔레포트 게이트란 게 존재하지 않는다고 생각하니… 레비그라스가 정말 넓어 보이는군요."

"그러면 레비그라스가 그냥 그라스가 되는 건가?"

모두의 시선이 슌에게 집중되었다. 슌은 코웃음을 치며 어깨를 으쓱였다.

* * *

나는 손에 쥔 커다란 반지를 보며 중얼거렸다.

"이래도 되는 걸까……."

이것은 회귀의 반지다.

운명의 신인 젠투의 성물이자, 레비그라스의 인류에게 감정의 각인 능력을 부여한 도구이기도 하다.

그리고 이것을 낀 순간, 처음으로 돌아가 다시 시작할 수 있다.

'만약 지금 내가 이걸 끼면, 이번에도 레너드의 육체로 회귀를 하게 될까?'

그것은 해보지 않는 이상 알 수 없는 노릇이다. 그러자 옆에 서 있던 스텔라가 걱정스러운 표정으로 말했다.

"너무 만지작거리지 마. 실수로 끼우기라도 하면 바로 회귀해 버리니까."

"검지와 엄지에 동시에 말이지?"

나는 가볍게 웃으며 반지를 움켜쥐었다.

"걱정 마. 이제 와서 다시 돌아갈 생각은 없으니까."

"그래도 조금은 끌리지 않아?"

스텔라는 내가 앉은 침대에 걸터앉으며 물었다.

"어쩌면 더 잘할 수 있을지도 모르잖아? 더 빨리 강해져서 모든 걸 더 수월하게 진행할 수 있을지도?"

"그래, 그럴지도."

나는 웃으며 고개를 저었다.

"하지만 더 못 할지도 몰라. 지금까지 해온 걸 똑같이 할 수라도 있을까? 지금까지 내가 해온 모든 게 물거품이 돼버린다면… 난 그냥 주저앉아 버릴 것 같아.”

그것이 솔직한 내 심정이었다.

그렇기 때문에 나는 그녀에게 이것을 묻고 싶었다.

“스텔라, 너는 어떻게 그 모든 걸 계속해서 반복할 수 있었어?”

“무슨 소리야?”

“어떻게 주저앉지 않고, 좌절하지 않고, 포기하지 않고 이 일을 수천 번이나 반복할 수 있던 거지?”

“글쎄, 어째서일까?”

그녀는 묘한 미소를 지었다. 나는 염동력으로 반지를 공중에 띄운 다음, 한참 동안 그것을 바라보았다.

파괴해야 한다.

레비의 성물을 파괴하기 위해선 일단 회귀의 반지부터 파괴해야 한다.

모르는 사람에겐 어처구니없는 이야기처럼 들릴 것이다. 하지만 이 일엔 확실한 인과관계가 있었다.

먼저 지구 멸망의 원인이 된 것은 결국 레빈슨을 조종했던 빛의 신, 레비다.

그런 레비의 죄를 묻기 위해서, 그리고 레비가 또다시 누군가를 포섭해서 술책을 부리는 것을 막기 위해서라도 레비의 성물은 파괴해야 한다.

하지만 레비의 성물을 파괴하면 전이의 각인이 사라진다.

그렇게 되면 나는 더 이상 지구나 오비탈 차원에 돌아갈 수 없게 된다.

다만 각인 능력은 최상급이 되어 초월 능력으로 넘어가면 성물이 사라지더라도 계속 사용할 수 있다.

현재 내 전이의 각인은 상급이다. 등급을 하나 더 높여 최상급으로 만들기 위해서는 퀘스트를 성공해야 한다.

그리고 내게 남은 퀘스트는 두 개였다.

퀘스트1: 회귀의 반지를 파괴하라(최상급)

퀘스트2: 신성제국을 무너뜨려라(최상급)

이제 와서 신성제국에 전쟁을 선포한 다음, 그곳을 지배하는 황제나 귀족들을 전부 죽이고 국가를 무너뜨리는 건 곤란하다.

그렇다면 답은 하나였다.

"만약 내가 실패하면 어떻게 하지?"

호텔 방에는 스텔라와 나 둘뿐이었다. 그녀는 공중에 떠 있는 반지를 바라보며 고개를 저었다.

"넌 성공할 거야. 이미 레빈슨도 죽였고."

"하지만 둘은 전혀 다른 문제였어. 레비와 레빈슨은 오히려 보이디아 차원의 공격을 막으려고 했지."

"그럼 당신도 막으면 돼. 다른 방식으로."

"그런데 만약 실패하면?"

나는 염동력을 풀고 떨어지는 반지를 낚아챘다.

"마음 약한 소리를 하려는 게 아니야. 결국 지구는 멸망했지. 언제나. 너는 그때마다 다시 이걸 사용해서 과거로 회귀했고."

"맞아, 그랬어."

"그럼 어떻게 되지? 내가 이걸 파괴하면?"

"돌아갈 수 없게 되겠지. 지구가 멸망해도."

스텔라는 어두운 표정으로 웃었다.

"퇴로를 끊는 게 두려워?"

"두려워. 그게 인류의 유일한 퇴로라면."

"그러면 다시 사용할 거야? 결국 인류가 멸망하게 되면……."

스텔라는 내 허벅지 위에 자신의 몸을 눕히며 말했다.

"나와 돌아가 줄 거야? 나와 함께 영원히 이 회귀를 반복해 줄 거야?"

나는 바로 대답할 수 없었다.

스텔라는 그것을 원해서 묻는 게 아니다.

오히려 날 시험하는 것에 가까웠다. 나는 '회귀'라는 단어를 입에 담을 때마다 그녀의 얼굴에 깊은 그늘이 드리워지는 것을 발견할 수 있었다.

나는 고개를 저었다.

"아니, 이제 그만하자."

그리고 움켜쥔 손아귀에 힘을 주었다.

"이번으로 끝내자. 실패하든 성공하든."

"그래."

스텔라는 행복한 듯 웃으며 고개를 끄덕였다.

"쭉 기다렸어."

"뭘?"

"누군가 내게 그렇게 말하면서 반지를 깨뜨려 주는 걸."

회귀의 반지는 내 손 안에서 조각조각 으스러져 있었다. 나는 그걸 스텔라의 손바닥 위에 쏟아부으며 말했다.

"잠시만 자리를 비켜주지 않을래? 이제 곧 '악의 근원'과 재회를 나눠야 하거든."

그녀는 고개를 끄덕이며 몸을 일으켰다. 그리고 종종걸음으로 방문을 열고 밖으로 나갔다.

그리고 나는 심호흡을 하며 스스로를 스캐닝했다.

퀘스트1: 회귀의 반지를 파괴하라(최상급) — 성공!

나는 즉시 '성공!'이란 단어에 의식을 집중했다.

[퀘스트 성공. 보상을 고르시오.]

[보상은 아래 세 가지 중에 하나를 고를 수 있다.]

[1. 기본 능력의 상승]

[2. 특수 능력의 상승]

[3. 각인 능력의 등급 상승]

나는 3번에 의식을 집중했다. 그러자 곧바로 새로운 창이 떠올랐다.

[현재 등급을 높일 수 있는 각인 능력은 하나다.]

[1. 전이(상급)]

나는 하나뿐인 선택문을 골랐다.

[전이(상급)를 전이(최상급)로 등급을 높입니다. 최상급 등급에 도달했으므로, 이 능력은 '초월' 항목으로 넘어갑니다.]

나는 긴장했다.

이제 곧 하늘에서 번개가 내리칠 것이다.

특별한 일이 없는 이상, 번개를 맞고 며칠 동안 기절하겠지.

하지만 이번만큼은 특별한 일이 생길 거라는 확신이 들었다. 분명 나는 뭔가를 달성했을 테고, 그것을 빌미로 초월체가 내 앞에 나타날 것이다.

레비.

전이의 각인을 담당하는 초월체.

그리고 내 생각을 증명하기라도 하듯, 눈앞에 새로운 문장이 떠오르기 시작했다.

[초월 능력 '전이(최상급)'을 획득할 것을 축하한다.]

[초월 능력은 초월체가 인간에게 직접 내리는 각인 능력이다.]

[지금부터 협약에 따라, 초월자와 초월체의 접촉을 시작한다.]

그리고 세상의 시간이 멈췄다.

* * *

—다시 만났군.

정지된 시간 속에서 눈앞에 나타난 빛이 태연하게 말을 걸었다.

동시에 내 몸이 구겨지며 내부로 압축되는 듯한 고통이 느껴졌다.

하지만 약해졌다.

처음 이 녀석과 만났을 때와는 압력의 세기가 전혀 달랐다.

나는 충분한 여유를 가지며 고개를 끄덕였다.

"그래, 다시 만났군."

―너는 이로써 여섯 개의 초월 능력을 획득했다. 그중 다섯 개는 이곳 차원에 자리 잡은 다섯 초월체가 인류에 내린 각인의 마지막 단계다.

"그래서?"

―그것을 달성한 인간은 네가 처음이다, 문주한. 그리고 협약에 따라 마지막 초월 능력을 관여하는 초월체가 대상에 접촉한다.

빛은 손을 뻗으면 닿을 만큼 가까운 곳까지 접근하며 말을 이었다.

―이렇게 말이지.

"그래, 이렇게 말이지."

―협약에 따라 너는 질문을 할 수 있다. 문주한, 무엇이 알고 싶은가?

"알고 싶은 거 없어."

나는 즉시 고개를 저었다.

"나보고 죽으라며? 인류는 죽어야 한다며? 이제 조금만 기다려라. 누가 죽게 되는지 알 수 있을 테니까."

―성물을 파괴한다고 내가 소멸하는 것은 아니다.

빛은 약간 뒤로 물러서며 말했다. 나는 코웃음을 치며 반박했다.

"웃기는군. 그럼 전에 만난 다른 초월체가 거짓말을 한 건가? 성물을 파괴하면 소멸한다고 했는데?"

—그것 또한 사실이다. 하지만 '완전한 소멸'은 미뤄진다.

"어째서?"

—이제 너 또한 나의 일부가 되었으니까.

"뭐?"

—초월 능력이라는 것은 초월체의 본질의 일부를 그대로 부여받는 것이다. 그러니 내 힘을 부여받은 자가 모두 사망할 때, 나 역시 완전히 소멸하게 된다.

나는 쯧, 소리를 내며 고개를 끄덕였다.

"그래. 그 정도는 어쩔 수 없지. 기분 나쁘지만 감수하겠어."

—나는 제안하겠다.

레비는 자신의 빛을 수천 배로 확대하며 말했다.

—나의 사도가 되어라.

• 104장 •

빛이 없는 세계

—빛의 사도가 되어 빛의 축복을 받아라. 그렇게 되면 너는 미래를 읽을 수 있게 된다.

빛의 축복.

레빈슨이 가지고 있던, 5분 후의 미래를 내다보는 초월 능력.

분명 큰 도움이 될 것이다. 활용 방법에 따라서는 지금까지와는 전혀 다른 엄청난 짓을 벌일 수도 있을 것이다.

레비는 거기에 한층 더 놀라운 이야기를 했다.

—마지막 순간, 나는 그자에게 내린 축복을 거뒀다.

"뭐?"

—그 축복을 다루기에 그자의 역량은 부족했다. 하지만 너라면 가능하겠지. 보이디아에서 넘어오는 모든 차원의 위기를 극복할 수 있다.

너라면.

너라면 할 수 있다.

그것은 실로 듣기 좋은 이야기였다.

만약 레빈슨에 관한 이야기를 꺼내지 않았다면, 만에 하나쯤은 넘어갔을지도 모른다.

나는 웃었다.

"레빈슨도 불쌍한 녀석이었군. 최후의 순간에 자신이 믿던 신에게 버림받다니."

—그릇은 그릇으로서의 가치를 가지고 있을 뿐이다. 그자는 내가 발견한 가장 큰 그릇이었지만, 그럼에도 나의 뜻을 실현하기엔 부족한 그릇이었다.

"그럼 나는 충분한 그릇인가?"

—그렇다. 너는 지금까지 자신의 행동으로 그것을 증명했다.

"원인 제공자가 잘도 말하는군."

나는 짧게 거절했다.

"꺼져."

순간 거대한 빛이 약간 주춤거렸다.

—뭐라고 했나?

"꺼지라고."

—나는 빛의 근원이자 본질이다.

"알았으니까 꺼지라고."

—이 세계는 종말의 위기에 처했다.

"그래. 알고 있으니까 꺼져."

—너의 세계도 마찬가지다. 지구는 가장 먼저 휩쓸리게 된다.

"꺼져."

—레비그라스도 마찬가지다. 나의 이름을 받은 이 세계엔 벌써 균열이 생겼다.

"조금만 지나면 그냥 그라스가 될 거야. 그러니까 꺼져."

—오비탈은 이미 공격받고 있다. 내 축복을 받으면 빠르게 두 세계를 왕복하며 모두를 구할 수 있다.

"꺼지라고."

—보이디아는 너의 상상을 초월한다. 모든 힘을 하나로 모으지 않으면 결코 당해낼 수 없다.

"알았으니까 좀 꺼지라고!"

나는 몸을 일으키며 소리쳤다.

그러자 레비의 빛이 확 쪼그라들었다.

이제 그곳에 남은 것은 작은 불씨 같은 흔적뿐이었다.

—세상에… 모든 차원에 어둠을 소멸시켜야 한다…….

그리고 완전히 사라졌다.

동시에 눈앞의 일렁이는 공간에서 번개가 내리쳤다.

세상엔 더 이상 빛도 어둠도 없었다. 나는 침대 위로 쓰러지며 서서히 의식을 잃었다.

*　　　*　　　*

나는 닷새 만에 정신을 차렸다.

뱃가죽이 등에 붙을 지경이다. 소드 마스터의 육체가 아니었다면 그사이에 굶어 죽었을지도 모른다.

하지만 기분은 더없이 개운했다. 박 소위는 내가 깨어날 때를 대비해 호텔 측에 특별 룸서비스를 대기시켜 놓은 상태였다.

식사가 끝나갈 무렵 박 소위가 말했다.

“어쨌든 무사히 깨어나셔서 다행입니다. 레비가 해코지를 하면 어쩌나 걱정했습니다. 그런데 상급 전이의 각인과 최상급 전이의 각인은 뭐가 달라졌습니까?”

대답을 위해서 나는 먼저 스스로를 스캐닝했다.

[전이의 각인(최상급) — 기존의 각인 능력이 성장하고, 대규모 강제 소환과 차원의 문을 만드는 힘이 더해진다.]

[대규모 강제 소환 — 원하는 차원의 인간을 최소 5명에서

최대 50명까지 강제로 소환한다. 사용자의 숙련도에 따라 능력이 성장한다.]

[차원의 문 — 특정 공간, 혹은 특정 차원 사이를 연결하는 차원의 통로를 만들 수 있다. 최소 1분, 최대 3시간까지 가능하며 최소 3명, 최대 30명까지의 인간이 통과 가능하다. 사용자의 숙련도에 따라 능력이 성장한다.]

나는 확인한 능력을 그대로 설명했다. 박 소위는 룸서비스 직원이 가져온 가짜 커피를 마시며 고개를 끄덕였다.

"대규모 강제 소환으로 레빈슨이 지구인을 납치했던 거군요. 소환당하는 인간은 완전히 랜덤인 겁니까?"

"아마 그렇겠지. 하지만 확인할 방법은 없군."

나는 어깨를 으쓱였다. 박 소위는 웃으며 고개를 끄덕였다.

"그건 그렇군요. 레빈슨이 아닌 이상 그 힘을 쓸 일은 영원히 없을 테니까요. 그런데 뭘 꺼내서 마시고 계신 겁니까?"

나는 시공간의 주머니에서 새로운 캔 커피를 꺼내 박 소위에게 건넸다.

"이건……."

박 소위는 번개같이 캔을 따 들이켜고는 긴 한숨을 내쉬었다.

"이건 진짜 커피군요. 정말 오랜만에 마셔봅니다. 그런데 저만 마셔도 되는 겁니까? 그쪽은……."

"난 이미 몇 번 마셨어."

마주 보고 앉은 스텔라가 웃으며 고개를 저었다. 박 소위는 장난스럽게 눈살을 찌푸리며 투덜거렸다.

"저만 빼놓고 몰래 지구의 문명을 즐기고 계셨던 겁니까? 섭섭하군요. 아무튼 이제라도 마실 수 있어 다행입니다. 옛날 기억이 나는 것 같군요."

"감동받기는 아직 일러."

나는 주머니 속에서 커피 원두 한 포대를 꺼내며 말했다.

"원두도 10톤쯤 가져왔으니까. 앞으로 천천히 즐길 수 있을 거다."

박 소위는 정말 감동받은 얼굴이었다. 그리고 나는 또 하나의 시공간의 주머니를 꺼내 테이블 위에 올려놓았다.

"이제 슬슬 이걸 처리해야지."

"곧바로 성물을 파괴하실 겁니까? 여기서?"

박 소위는 빠르게 안색을 바꿨다. 나는 주머니를 열고 안을 들여다보며 말했다.

"먼저 다른 것들을 확인한 다음에."

"다른 거라뇨?"

"레빈슨이 이 주머니를 활용하지 않았을 리가 없어. 아마도 개인적으로 중요한 것을 잔뜩 넣어놓지 않았을……."

나는 순간적으로 말문을 잃었다.

이쪽 시공간의 주머니를 연 건 처음이다.

주머니 속에는 실제로 온갖 물건들이 가득 들어 있었다. 문제는 그것들이 대부분 '지구'의 물건이라는 것.

수백 벌의 다양한 지구식 의복.

백팩, 핸드백, 서류 가방, 안경, 손목시계, 책, 노트북.

그리고 셀 수 없을 정도로 많은 휴대폰…….

'왜 이런 것들이 여기 들어 있지?'

실로 당황스러운 광경이었다. 하지만 잠시 생각하자 이유를 알 수 있었다.

"박 소위, 전에 레빈슨이 수백 명의 지구인을 강제로 레비그라스에 소환했지?"

"네, 준장님의 육체도 그중 한 명이었죠. 스텔라도 그렇고."

"이 안에는 그때 소환한 모든 지구인의 물건이 들어 있는 것 같다. 양이 어마어마하군."

"네?"

박 소위는 잠시 당황하다 손뼉을 쳤다.

"아, 지구인의 개인 물품 말입니까? 한때 신성제국 쪽 암시장에 드물게 풀리곤 했습니다만……."

"대부분은 여기 모아놓은 모양이다. 아무래도 창고로 자리를 옮겨야겠군. 박 소위?"

"네, 준장님."

"창고에 미리 빈 상자를 준비해 주지 않겠나? 30개… 아니,

50개 정도는 필요할 것 같다."

* * *

50개로도 턱없이 부족했다.

크로니클의 대형 물류 창고 한편이 쌓인 상자들로 순식간에 메워졌다.

"후……."

나는 마지막으로 건져낸 누군가의 스마트폰을 상자 위에 올려놓으며 한숨을 내쉬었다.

"전에 구해낸 지구인들은 어디서 뭘 하고 있지?"

"대부분은 이곳에 있습니다."

상자를 바라보던 박 소위가 몸을 돌리며 대답했다.

"훈련도 하고, 뱅가드 재건 사업에 자진해서 참가해 일을 하기도 합니다. 일부는 자유 진영의 다른 국가에 파견되어 일종의 지구인 대사로 활동하고 있죠."

"여기에 그들의 개인 소지품이 있을 거다. 모두 수배해서 물건을 찾아주면 좋겠군. 분명 좋아할 거야."

"알겠습니다. 당분간 바빠지겠군요."

박 소위는 150개 분량의 상자를 보며 심호흡을 했다. 그리고 내가 따로 챙겨놓은 지갑을 보며 물었다.

"그건 왜 따로 빼놓으셨습니까?"

"이거? 이건 내 거다."

"네? 아… 레너드 말입니까?"

나는 고개를 끄덕였다.

"분명 휴대폰도 있을 것 같은데… 똑같은 게 하도 많아서 확인할 수가 없군. 충전기라도 있으면 좋겠는데 말이야."

"나중에 지구로 가져가면 이것들도 주인을 찾을 수 있을 겁니다. 그건 그렇고, 주머니 속에는 지구인의 물건밖에 없습니까?"

"그럴 리가."

나는 고개를 저으며 새로운 물건들을 꺼내기 시작했다.

주머니에 남은 물건의 절반은 크로니클의 로고가 찍혀 있는 포션 병이었다. 박 소위는 내가 끄집어내는 것마다 족족 확인하며 한숨을 내쉬었다.

"전부 마력 회복 포션입니다. 엄청나게도 챙겨놨군요."

"시공간의 주머니를 활용해서 오비탈 차원으로 옮긴 모양이군. 그런데 이건 뭐지?"

나는 형태가 다른 포션 병을 내밀었다. 박 소위는 잠시 살피다가 숨을 죽였다.

"이건… 영생의 물약입니다. 아무래도 원액 같군요. 전부 챙겨서 연구실에 전하겠습니다. '신형' 영생의 물약 개량에 도움이 될지도 모르겠군요."

"마음대로 해. 그리고 이건……."

나는 눈에 익은 금속 덩어리를 꺼내 바닥에 내려놓았다. 박 소위는 눈을 반짝이며 즉시 말했다.

"이건 사이보그 팩이군요. 제가 전생에 썼던 것과는 조금 달라 보입니다만."

"레빈슨이 별걸 다 챙겨놨군. 이것도 연구실에 맡길 건가?"

"이건 레비그라스의 공학 수준으론 소화가 안 될 겁니다. 차라리 준장님이 챙기셨다가 나중에 지구로 가져가는 게 어떨까요?"

"그게 좋겠군."

나는 사이보그 팩을 내가 가진 시공간의 주머니 속으로 옮겨 넣었다.

그리고 계속해서 다른 주머니 속을 뒤지기 시작했다.

좀 더 안쪽에는 엄청난 숫자의 돈주머니가 있었다. 박 소위는 꺼낸 돈주머니를 하나씩 살피며 혀를 찼다.

"안티카 왕국은 물론이고… 자유 진영에서 유통되는 거의 모든 화폐가 있군요. 아, 이건 그냥 금괴입니다. 금괴가 가득하군요."

"대신전의 비자금 같은 건가?"

"이 정도 금액이면… 안티카 왕국 1년 국가 예산의 30%는 될 겁니다. 많이도 챙겨놨군요."

옆에 있던 스텔라가 금괴 하나를 집어 들고는 이빨로 무는 시늉을 했다. 나는 쓴웃음을 지으며 텅 빈 주머니 속으로 시선을 돌렸다.

완전히 텅 빈 것은 아니다.

그 안에는 지금까지 주머니 속에 있던 모든 것을 환하게 비추던 광원(光源)이 남아 있었다.

나는 마음속으로 그것의 이름을 말했다.

'광속의 정수.'

그러자 광원이 천천히 움직이며 내 손을 향해 다가왔다.

그것은 아름답게 빛나는 금속이었다.

얼핏 보면 매끄러운 은덩어리 같았다.

그런데 감촉이 없었다.

분명 손에 쥐고 있는데도 감촉이 안 느껴진다.

형태는 있는데 질량이 없고, 잡을 수 있는데 무엇을 잡고 있는지 전혀 알 수 없다.

나는 그것을 주머니 밖으로 완전히 꺼낸 다음 스캐닝했다.

이름: 광속의 정수

종류: 성물

특수 효과: 소유자의 육체의 노화를 멈춘다. 우주의 돌, 지식의 팔지, 각인의 권능, 회귀의 반지와 함께 레비그라스 차원의 다섯 신의 성물 중 하나.

'그렇다면 이걸 가지고 있으면 영원히 늙어 죽지 않는다는

건가?'

그것은 깜짝 놀랄 만큼 매력적인 능력이었다.

하지만 엑페만 봐도 알 수 있다.

젊은 나이에 오러를 대성하면 노화가 극단적으로 늦어진다. 나 역시 못해도 200살까지는 아무 걱정 없이 살 수 있을 것이다.

물론 영원히 안 죽는 것과 비교하면 천지 차이지만, 그렇다고 불로불사에 매일 만큼 삶에 집착하는 것은 아니었다.

'그러고 보니 레빈슨은 오래 사는 것 자체가 퀘스트였지. 정말 편한 퀘스트군. 이 성물을 가지고 있기만 해도 달성되었을 테니…….'

하지만 그것은 불가능했다.

레빈슨은 지구인이 아니다. 때문에 실질적으로 빛의 신의 성물을 소유하진 못했을 것이다.

'그래서 영생의 물약을 개발한 건가? 이제 와선 아무래도 상관없는 이야기지만.'

나는 한참 동안 성물을 바라보았다. 그러다 박 소위를 돌아보며 말했다.

"이걸 파괴하면 레비그라스의 문명은 수십 년 이상 퇴보할지도 모른다. 가장 유력한 교통 수단을 잃게 되니까. 그래도 괜찮겠나?"

"대신 다른 걸 발전시키면 됩니다."

박 소위는 한쪽 어깨를 으쓱였다.

"오히려 잘됐군요. 차량, 철도, 도로… 크로니클이 진출해야 할 새로운 사업이 마구 늘어날 테니까요."

"긍정적이라 좋군. 그럼 스텔라는?"

나는 스텔라를 향해 시선을 돌렸다. 그녀는 금괴를 내려놓으며 영문을 모르겠다는 표정을 지었다.

"나는 왜?"

"너도 괜찮겠어? 이걸 파괴해도?"

"왜 그런 걸 나한테 묻지?"

"그러니까……."

나는 뭔가를 말하려다가 입을 다물었다.

그것은 지금 말할 문제가 아니다. 나는 고개를 끄덕이며 손아귀에 힘을 주었다.

그 순간, 내 손안에서 빛이 폭발했다.

그것은 소리 없는 단말마의 비명이었다.

신이 내지른 비명은 창고 안의 모든 것을 새하얗게 비추며 모든 것을 동일한 음영으로 물들였다.

물론 잠시 동안이었지만.

시간이 지나자 언제 그랬냐는 듯 모든 것이 정상으로 돌아왔다.

나는 긴장이 풀리는 걸 느끼며 텅 빈 손을 바라보았다.

사라졌다.

모든 차원의 멸망을 막기 위해 지구를 먼저 멸망시키려 했던 초월체가 소멸했다.

그렇다고 지구가 구원받은 것은 아니다. 빛의 신의 의지나 유무와는 무관하게도, 내가 알고 있는 모든 차원은 지금 이 순간에도 착실하게 파멸을 향해 다가가고 있었다.

하지만 조금은 좋아졌다.

적어도 내 마음속의 세상에서는…….

* * *

"드디어 왔구나!"

엑페는 양팔을 펼친 채 반갑게 날 맞아주었다.

"돌아왔다는 소식은 들었어. 그런데 왜 이렇게 늦은 거니? 나 혼자 여기서 얼마나 고생하고 있었는데."

"혼자? 이 아줌마는 내가 뵈지도 않나?"

옆에 있던 거대한 워울프가 툴툴거렸다. 나는 팔을 들어 올려 규호의 어깨를 두드려 주었다.

"수고 많았다, 규호야. 엑페를 도와 우주 괴수를 사냥했다고?"

"나야 바람잡이만 했지, 뭐. 근데 그것도 죽을 고생이었다고."

규호는 날카로운 이빨을 드러내며 과시하듯 웃었다.

"그래도 덕분에 확 강해졌다고. 못해도 레벨이 4 정도는 오른 것 같은데, 대장이 좀 확인해 주지 않을래? 세상에 스캐닝을 쓸 수 있는 인간이 대장뿐이잖아?"

나는 즉시 규호의 능력치를 스캐닝한 다음, 오러의 최대치가 102나 높아졌다는 것을 확인해 주었다.

"확실히 엄청 강해졌군. 이 정도면 3단계 소드 익스퍼트는 가볍게 넘어서겠는데?"

"우주 괴수를 총 여섯 마리나 잡았으니까. 아무튼 나이스구만. 이대로 몇 마리만 더 잡으면 나 혼자서도 잡을 수 있지 않을까?"

규호는 만족한 듯 웃었다. 나는 주변들을 돌아다니는 신관들을 보며 엑페에게 말했다.

"여기도 복구가 꽤 된 모양이군요. 신관들이 도움을 주고 있습니까?"

"엄청 적극적이란다. 오히려 안 그랬으면 좋겠는데 말이야."

엑페는 한숨을 내쉬며 고개를 저었다.

지금 우리가 있는 곳은 과거 루도카에 의해 몰살당한 젠투의 대신전이다.

다행인 것은 자유 진영 각지에 파견되어 있던 젠투의 신관들이 하나둘씩 돌아와 대신전의 빈자리를 메우기 시작했다는 것이다. 예전에 처음 왔을 때에 비하면 한산하긴 했지만, 그래도 대신전 내부는 수십 명의 신관들과 기도를 드리러 온 신도

들로 분주했다.

"멀리서 구경이나 했으면 좋겠는데 말이지 뭐니. 자꾸 몬스터가 나타나면 직접 나서서 도와주려고 해서 큰일이야. 내가 일일이 지켜주면서 싸울 수도 없고."

"그래도 생각보다 활기가 있어 보이는군요. 그런데 신도들의 출입을 허락하고 있는 겁니까? 몬스터가 계속 출몰하는데도?"

"나도 그게 걱정이야. 몬스터야 신전 밖에 한참 떨어진 곳에서 나오긴 하는데… 혹시 내가 당하면 무슨 꼴을 당하려고 저러는지."

엑페는 하얀 옷을 입고 들어오는 민간인들을 보며 한숨을 내쉬었다.

"그런데 또 뭐라 하지도 못하겠어. 지금 여길 찾는 사람들의 절반은 제국 사람들이거든."

"신성제국 말입니까?"

"응. 레비의 대신전이 무너졌잖니? 여러 가지 일도 많았고, 그쪽 대신전의 힘이 약해지니까 제국 사람들도 신앙을 바꾸기 시작한 모양이야. 어떤 의미로는 잘된 일이기도 하니… 그걸 억지로 못 오게 막는 것도 모양 사납다 싶어서."

그것은 확실히 의미가 있는 일이었다. 나는 대신전의 로비를 잠시 둘러보다 목소리를 낮추며 물었다.

"혹시 조용한 장소가 없을까요?"

"왜? 중요한 이야기가 있니?"

"네. 아무래도 이런 곳에서 나눌 이야기는 아닌 것 같습니다."

"그럼 딱 좋은 곳이 있단다. 이 녀석이랑 나 말고는 아무도 들어오지 못하는 곳이야."

엑페는 빙긋 웃으며 밖으로 걸음을 옮겼다. 나는 영문을 모른 채 그녀를 뒤따르며 물었다.

"왜 밖으로 나갑니까? 신전의 회의실 같은 곳이 아닌가요?"

* * *

우리가 도착한 곳은 대신전이 위치한 언덕 아래 펼쳐진 드넓은 황무지였다.

"여기도 원래 이렇게 풀 한 포기 없는 척박한 땅은 아니었어. 몬스터를 계속 잡다 보니 며칠 사이에 이렇게 되었지 뭐니?"

아무래도 공허 합성체의 후유증인 모양이다. 엑페는 바닥에 깔린 새까만 흔적들을 둘러보며 양팔을 펼쳤다.

"자, 여기면 아무도 우리가 하는 이야기를 듣지 못할 거야. 사방 5㎞ 내로는 일반인의 접근을 금지하고 있거든."

"바로 이곳에 우주 괴수가 소환되는 모양이군요."

엑페는 고개를 끄덕이며 말했다.

"닷새 전에는 직접 몬스터가 나오는 걸 봤어. 검은 회오리 같은 게 열리면서 그 틈으로 비집고 나오더라."

"우주 괴수가 나온 다음엔 틈이 곧바로 닫힙니까?"

"응. 한 5초쯤 후에 닫히던가… 그런데 그 5초 사이에 안쪽에서 새까만 연기가 엄청나게 뿜어져 나온단다. 생각만 해도 치가 떨리네."

"그게 쌓이면 나중에 햇빛도 사라진다고. 지금은 멀쩡해 보이지만."

함께 따라온 규호가 하늘을 올려다보며 말했다. 젠투의 대신전 인근은 마치 스모그라도 낀 것처럼 하늘이 탁하게 보였다.

엑페는 눈살을 찌푸리며 물었다.

"네 눈엔 이게 멀쩡해 보이니?"

"이 정도야 아무것도 아니지. 나중엔 밤낮을 구분할 수가 없다고."

"하아……."

엑페는 한숨을 내쉬며 날 바라보았다.

"그래도 여긴 좀 나은 형편이야. 소문을 들으니 류브는 완전히 새까맣게 변했다지 뭐니? 처음에 나온 녀석은 내가 잡았는데, 그다음에는 왔다 갔다 하는 게 너무 힘들어서 엄두도 못 내고 있어."

"박 소위 말로는 이미 다섯 마리가 쌓여 있다고 하더군요."

"이젠 나랑 규호가 가도 안 돼. 그나마 네가 돌아와서 다행이야. 이젠 어떻게든 비벼볼 수 있겠지."

"그 문제는 좀 나중에 이야기하고… 일단 알아두셔야 할 것들이 있습니다."

나는 잠시 뜸을 들인 다음 말했다.

"레비의 성물을 파괴했습니다."

"뭐?"

엑페는 눈을 동그랗게 뜨며 되물었다.

"뭐라고? 정말이니? 정말 그걸 파괴했어?"

"네."

"하지만… 텔레포트 게이트는 여전히 작동하는걸?"

"다행히 이미 만들어놓은 것은 그대로 남아 있습니다. 다만 앞으로 새로 만드는 건 불가능합니다."

덕분에 뱅가드에서 여기까지 오는 데 한나절이면 충분했다. 나는 지구로 넘어간 이후에 생겼던 모든 일을 간략하게 설명한 다음 말했다.

"이제 레비도 없고 레빈슨도 없습니다. 남은 건 대신전의 잔당뿐입니다. 문제는 그들이 숨어 있는 비밀 거점에 빼돌린 지구인의 일부가 남아 있다는 사실입니다."

그것은 슌에게 들은 정보였다. 엑페는 신음 소리를 내며 잠시 고민하다 물었다.

"그럼 그 마지막 은신처에 세뇌 신관들도 숨어 있겠네?"

"그럴 겁니다."

"그럼 그 신관들만 제거하면 지구인도 수월하게 구출할 수 있고?"

"네, 가능한 그런 쪽으로 진행하고 싶습니다."

"그런데 네 말대로라면 말이지… 세뇌 신관을 전부 죽인 순간 그 오비탈이라는 차원에 건너간 지구인들 역시 세뇌가 풀려 버리는 거 아니니?"

안타깝지만 사실이다.

나는 레빈슨의 사후, 아이릭의 밑에 남아 있을 지구인들의 처지를 상상하며 한숨을 내쉬었다.

"그들이 무슨 꼴을 당할지 짐작도 못 하겠지만… 어쩔 수 없습니다. 당장은 숨어 있는 세뇌 신관을 전부 죽이고, 그곳에 있는 지구인을 구하는 게 우선입니다."

"어려운 이야기네. 그런데 어디 숨어 있는지는 알고 있고?"

"아무래도 칼날산맥 같습니다."

"칼날산맥이라……."

엑페는 난감한 얼굴로 말을 흐렸다.

"바람의 정령왕, 쿨로다는 칼날 산맥에 기거하고 있느니라."

냉기의 정령왕인 아이시아가 그렇게 말했고.

"놈들의 본거지는 아직 레비그라스에 있어. 칼날산맥의 바람계곡 안에 있다. 내가 아는 건 그것뿐이야. 실제로 이동한 건 텔레포트 게이트로 했기 때문에 산맥 안에 정확히 어디 있는지는 모른다."

슌은 이렇게 말했다.

그리고 두 사실을 종합해 보면, 여러 가지로 위험한 가설을 만들어낼 수 있었다.

"바람의 정령왕은 레비의 대신전과 협력하고 있는 걸까?"

엑페도 그 가설에 도달한 듯했다. 나는 한숨과 함께 고개를 저었다.

"아직은 알 수 없습니다. 어쨌든 당장에라도 칼날산맥으로 가서 진상을 확인하는 게 좋을 것 같습니다."

"잠깐, 기다려 봐."

엑페는 눈살을 찌푸렸다.

"칼날산맥은 신성제국의 영토에서도 가장 동쪽 끝에 있어. 거기 갔다 오는 사이에 성도에 또 몇 마리의 몬스터가 출몰할지 모르잖아? 우선 그쪽부터 정리하는 게 좋지 않겠니? 나도 최대한 도울 테니까……."

"그러실 필요 없습니다."

나는 고개를 저었다.

"성도 류브도, 칼날산맥도 저 혼자 갈 겁니다. 당신은 지금까지처럼 이곳에 소환되는 공허 합성체를 처리해 주십시오."

"정말? 하지만 아무리 너라도……."

"제가 부탁하고 싶은 건 다른 일입니다. 뱅가드에는 상대가 없어서 테스트를 할 수가 없었거든요."

"테스트? 무슨 테스트?"

나는 시공간의 주머니 속에서 일곱 개의 금속 덩어리를 꺼내며 말했다.

"오비탈 차원에서 가져온 무기입니다. 오래 안 걸릴 테니 저와 대련을 해주시겠습니까?"

"방금 대련이라고 했어?"

엑페는 기다렸다는 듯이 눈을 반짝이며 칼을 뽑았다.

"나야 언제든지 환영이지!"

* * *

은색으로 반짝이는 일곱 개의 금속 덩어리.

이것은 펜블릭에서 싸웠던 로그엔이라는 기사가 다루던 '유체 금속'이다.

스케라 합금이자 액체 금속이며, 이것에 스케라를 충전한 인간의 의지에 따라 자유롭게 형태를 바꾸며 움직인다.

문제는 일곱 개 모두 이미 대량의 스케라가 충전된 상태라는 것.

하지만 충전을 한 로그엔은 이미 세상에 존재하지 않았다. 덕분에 나의 높지 않은 스케라를 가지고도 유체 금속의 지배권을 획득하는 게 가능했다.

하지만 제대로 된 테스트는 불가능했다. 2단계 소드 익스퍼트인 마리아와 블룸은 정확히 5초 만에 나가떨어졌다.

"이거 장난 아니네!"

엑페는 정신없이 황무지를 뛰어다니며 소리쳤다.

나는 그녀의 주위를 돌고 있는 네 자루의 칼을 컨트롤하는 데 모든 신경을 집중했다.

처음에는 마치 남의 살을 긁는 것처럼 낯선 기분이었다.

하지만 곧 익숙해졌다. 그것은 마치 눈이 달린 여러 개의 팔이 추가로 생긴 듯한 감각이었다.

그 팔이 먼 곳까지 늘어나 자유자재로 날아다닌다.

실제로는 네 자루의 칼이 저 스스로 날아다니며 엑페를 공격하는 것처럼 보일 뿐이었지만.

"합!"

엑페는 제자리에서 회전하며 날아오는 칼날을 번개같이 받아쳤다.

콰직!

콰직!

콰지지지직!

순식간에 세 자루의 칼이 반으로 쪼개지며 바닥에 떨어졌다. 나는 남은 한 자루로 상대를 견제하며, 추락한 세 자루의 칼에 새롭게 의식을 집중했다.

'일단 액체 형태로 돌아가… 다시 한 덩어리로 모은 다음…….'

그사이, 엑페는 공세로 전환하며 하나 남은 칼을 오히려 추격하기 시작했다. 나는 수습을 끝낸 세 덩어리의 유체 금속을 망치 형태로 변환하며 하늘 높이 띄워 올렸다.

그 순간, 엑페가 마지막 한 자루를 베어버렸다.

콰직!

동시에 하늘에 띄운 세 자루의 망치가 그녀의 머리를 향해 날아갔다.

쉬이이이이이이익!

엑페는 번개같이 몸을 틀며 오러 실드를 전개했다.

하지만 역부족이었다.

파지지지지지지지직!

망치는 단숨에 오러 실드를 박살 내며 그녀의 머리를 향해 질주했다.

하지만 그것만으로도 충분했다. 덕분에 찰나의 순간을 번 엑페는 기다렸다는 듯이 몸을 숙이며 공격을 피해냈다.

덕분에 세 자루의 망치가 지면에 충돌했다.

콰아아아아아아아앙!

엄청난 굉음과 함께 지면이 가볍게 흔들렸다.

'뭐지, 이 위력은?'

내가 컨트롤했으면서도 믿을 수 없는 힘이었다. 공격을 피한 엑페는 고속으로 몸을 회전하며 즉석에서 만든 세 자루의 고스트 소드를 퍼부었다.

파직!

파직!

파지직!

덕분에 세 자루의 망치는 한 치의 오차도 없이 자루부터 반으로 쪼개졌다. 나는 급하게 박수를 치며 소리쳤다.

"그만, 여기까지! 수고하셨습니다!"

"뭐야! 벌써 끝이야?"

엑페는 이미 다섯 개의 고스트 소드를 만들어 자신의 주위에 띄워놓은 상태였다. 나는 전개한 유체 금속을 모두 회수하며 한숨을 내쉬었다.

"이거면 충분합니다. 역시 소드 마스터 정도는 돼야 테스트가 가능하군요."

"그런데 이게 대체 뭐니? 쪼개도 박살 내도 계속해서 재생해서 덤벼들다니. 무슨 살아 있는 금속 같은 거니?"

"살아 있진 않지만… 비슷한 개념입니다."

나는 유체 금속 한 덩어리를 공처럼 만들어 공중에 띄우며 말했다.

"처음에는 일종의 고스트 소드처럼 활용할 수 있을 거라고 생각했습니다. 하지만 그보다는 유용한 것 같군요."

"유용한 정도가 아니야. 고스트 소드는 생긴 것만 칼이지 화살이나 다름없어. 그렇지 않니? 일단 쏘아내면 방향을 바꿀 수 없으니까. 하지만 이건 섬세한 컨트롤이 가능하지? 그리고 모양도 마음대로 바꿀 수 있고."

"네, 마음만 먹으면 이런 것도 가능합니다."

나는 공중에 띄운 유체 금속으로 엑페의 얼굴을 만들었다. 엑페는 깜짝 놀라며 뒷걸음쳤다.

"으악! 당장 이거 치우지 못해?"

"뭘 그렇게 놀라고 그래? 아줌마 얼굴이잖아?"

그러자 한참 뒤에 빠져 있던 규호가 어슬렁거리며 다가왔다. 엑페는 십년감수한 표정으로 고개를 저었다.

"그래도 갑자기 자기 얼굴을 들이밀면 실례야. 가뜩이나 요즘 관리도 못 했는데……."

"죄송합니다. 어쨌든 형태는 제 마음대로 만들 수 있는 것 같습니다."

로그엔은 이걸 오직 무기의 형태로만 변형하며 사용했다. 하지만 상상력에 따라서는 좀 더 다양한 활용법이 가능할 것 같았다.

규호는 다시 공으로 돌아온 유체 금속을 손가락으로 찌르며 말했다.

"아무튼 대단하긴 하네. 멀리서 구경하는데도 소름 끼쳤어.

이거 초과학 차원 물건이지?"

"정식 명칭은 오비탈이라고 한다. 아무튼 맞아."

"예전에 진성이 형 다리랑 비교하면 엄청난 기술인데… 처음에 보니 일곱 개던데 나도 하나 주면 안 돼?"

"주는 건 상관없지만, 어차피 줘도 너는 다룰 수 없어."

"어째서?"

나는 오비탈 차원에 존재하는 '스케라'라는 특별한 힘에 대해 설명했다. 규호는 입술을 삐죽 내밀며 유체 금속 안에 손가락을 푹 찔러 넣었다.

"쳇, 그건 또 뭔 놈의 힘이래? 오러로는 조종할 수 없는 거야?"

"오직 스케라만 가능하다. 오러는 종류가 다른 힘이라……."

나는 시험 삼아 유체 금속을 칼 모양으로 만든 다음, 그것을 쥐고 오러를 부어 넣었다.

그리고 당황했다.

'뭐지? 무슨 내 몸처럼 오러가 들어가는데?'

나는 즉시 오러 소드를 전개했다.

파직!

그러자 보라색 오러가 칼날 주위에 솟구치며 날카롭게 번뜩였다. 규호는 대수롭지 않다는 듯 고개를 끄덕였다.

"오, 그냥 평범한 칼처럼 쓸 수도 있네? 물론 그렇게 쓰면 손해겠지만."

"…왜 이게 손해라고 생각하지?"

"그렇잖아? 저 혼자 날아다니면서 싸우게 할 수 있는데, 평범한 칼처럼 쥐고 싸우면 무슨 소용이야?"

규호는 어깨를 으쓱이며 말했다.

하지만 그것은 모르기 때문에 하는 소리다.

이것은 그런 단순한 문제가 아니었다. 나는 정신력으로 유체 금속을 컨트롤하며 자유자재로 형태를 바꿀 수 있다.

좀 더 깊숙이 들어가면, 유체 금속에 담긴 모든 힘을 활용할 수 있다는 말이었다.

그것이 오러라 해도.

"……."

나는 말없이 유체 금속을 공중에 띄웠다.

칼의 형상을 한 그것은 내 손을 벗어났음에도 불구하고 여전히 오러 소드를 전개하고 있었다.

"아……."

동시에 엑페가 탄식했다. 나는 그녀를 보며 짐짓 당황한 표정을 지었다.

"아시겠습니까?"

"정말 이게 되는 거니? 이 안에 오러가 얼마나 들어가?"

그녀는 한눈에 알아챈 듯했다. 나는 다시 칼을 쥐고 몸 안의 오러를 계속해서 안쪽으로 부어 넣었다.

"스텟으로 100을 소모했는데… 계속 들어가는군요."

"그럼 거기 쌓인 오러는 계속 그대로야? 시간이 지나면 어떻게 되니?"

"딱히 줄어드는 것 같지는 않습니다."

나는 오러가 담긴 유체 금속을 공중에 띄운 다음, 이리저리 움직이며 확인했다.

"빠르게 움직인다고 밖으로 새는 것 같지도 않고, 결국 스케라와 마찬가지로 오러가 자체적인 보관이 가능한 모양이군요."

"회수는?"

"회수는… 회수는 안 됩니다."

"그래도 대단하네. 아니, 이건 대단한 정도가 아니라 말도 안 되는 일이야."

엑페는 혀를 내둘렀다. 규호는 이해할 수 없다는 얼굴로 나와 그녀를 번갈아 보았다.

"뭐야, 응? 대체 나만 빼고 무슨 소리를 하고 있는 거야? 이게 뭐가 그렇게 대단한 건데?"

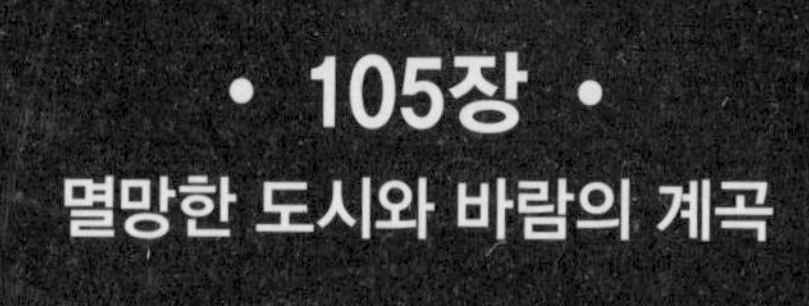

• 105장 •

멸망한 도시와 바람의 계곡

신성제국의 성도 류브.

이곳이 성도(聖都)라 불리는 것은 레비그라스에서 가장 큰 세력을 가지고 있는 레비의 대신전이 있었기 때문이다.

그러니 대신전이 없는 지금은 그냥 제도(帝都)라고 칭해야 맞을지도 모른다.

하지만 제도 역시 틀린 말이다. 이곳엔 더 이상 황제도 없고, 신민도 없고, 아무것도 없으니까.

남은 거라곤 텅 빈 건물과 거리, 검게 물든 하늘, 그리고 서성거리는 우주 괴수뿐.

이것은 파국으로 끝난 인류의 최후를 떠올리게 만드는 광경이다. 그리고 나는 저곳으로 뛰어들어야 한다. 가능한 두 번 다시 마주하고 싶지 않은 악몽 속으로.

"가능한 빨리 끝냈으면 좋겠군……."

내가 중얼거리자, 성벽 위에 함께 서 있던 크로니클의 현지 정보원이 긴장한 얼굴로 물었다.

"저곳은 이미 마굴입니다. 신성제국은 '전군 동원령'을 준비 중입니다. 그런데 정말 혼자 들어가실 겁니까?"

"네. 그런데 도시 곳곳에 인간들이 남아 있는 것 같군요. 피난이 끝난 것 아니었습니까?"

나는 맵온을 확인하며 물었다. 정보원은 한숨을 내쉬며 고개를 저었다.

"황제의 칙령을 거부한 광신도입니다. 무슨 일이 있어도 성도를 떠날 수 없다며… 하지만 대부분 공허 합성체에게 발각되어 죽었습니다. 아직까지 버티고 있는 건 집 안에 깊은 지하실을 가지고 있는 사람들이겠죠."

그런 사람들이 무려 오백 명이 넘는다. 나는 손에 들고 있던 망원경을 정보원에게 넘기며 말했다.

"지하실에 식량을 비축해 놓고 있나 보군요. 결국 다 떨어지겠지만……."

"주한 님이 몬스터를 전부 퇴치하면 식량을 구하러 밖으로 나올지도 모르겠군요. 그런데 이건 뭡니까?"

"망원경입니다. 지구의 물건이죠. 절대 무리하지 말고 멀리서 정찰하시길 바랍니다."

정보원은 감격한 표정으로 고개를 끄덕였다.

"감사합니다. 지구 물건이라니… 그런데 메고 계신 것도 지구 물건입니까? 배낭치고는 너무 크고 질감이 이상한데……."

정보원은 의아한 얼굴로 물었다. 나는 배낭을 살짝 들썩이며 고개를 저었다.

"눈썰미가 좋으시군요. 아무튼 힘들겠지만 계속 수고해 주십시오."

크로니클은 기업 정책상 세계의 모든 곳에 현지 정보원을 두고 있다. 때문에 누군가는 여기서도 자리를 지키며 상황을 파악해야 했다.

'이런 곳에서 일하려면 연봉을 몇 배로 줘야겠군. 박 소위가 알아서 하겠지만……'

나는 새까만 하늘을 한참 동안 바라보았다. 그리고 어깨를 으쓱이며 성벽 안쪽으로 뛰어내렸다.

* * *

처음으로 상대한 공허 합성체는 루도카였다.

그리고 마지막으로 상대한 것도 루도카였다.

그는 인간이자 동시에 하급 공허 합성체였다.

처음으로 폭주하여 변이를 일으킨 다음에는 중급 공허 합성체였으며, 마지막으로 이곳에서 모습을 드러냈을 때는 상급 공허 합성체였다.

'설마 이번에도 루도카가 부활한 건 아니겠지?'

나는 멀리 보이는 검은 형체를 노려보며 스캐닝을 했다.

이름: 세르히

종족: 공허 합성체(상급)

레벨: 51

특징: 보이디아 차원의 몬스터. 생명을 가진 모든 것을 증오하고, 파괴하려 한다.

기본 스텟은 마지막으로 스캐닝했던 루도카에 비해 전체적으로 약간 떨어지는 수준이다.

'그런데 세르히가 누구지?'

알 방법도 없고, 알고 싶지도 않다.

지금은 감정을 완전히 배제하고 빠르게 적을 제거하는 것이 우선이다. 내버려 두면 둔 만큼 레비그라스가 오염될 테니까.

'아니, 이젠 그냥 그라스인가?'

나는 피식 웃었다.

그사이, 맵온에 펼쳐져 있던 검은 점들이 움직이기 시작했다.

모두 내 쪽으로.

'냄새를 맡았군.'

우웅!

동시에 메고 있던 커다란 백팩이 넷으로 갈라지며 공중에 떠올랐다.

이것은 유체 금속이다.

편의상 네 개의 유체 금속을 하나로 뭉쳤고, 그것을 백팩처럼 만들어 메고 다녔을 뿐.

특이한 것은 각각의 덩어리는 무슨 일이 있어도 완전히 독립되어 있다는 것이다.

아무리 하나로 뭉친 것처럼 만들어놓아도, 실제로는 결코 섞이는 일 없이 각자의 덩어리를 유지했다.

그 탓에 나는 머리가 터질 것 같았다.

'차라리 하나로 뭉칠 수 있으면 편할 텐데…….'

그것이 안 되기 때문에, 나는 네 덩어리의 금속을 각각 따로 컨트롤해야 했다.

마치 따로따로 출력되는 네 개의 모니터가 머릿속에 들어 있는 기분이다.

각각의 모니터를 번갈아 확인하며 지시를 내려야 한다. 물론 기본적인 지시를 내리면 추가 지시 없이도 기본형에 충실하지만, 그럴 때조차도 유체 금속이 받아들이는 모든 정보가 빠짐없이 머릿속으로 전달된다.

스케라를 통해.

그래서 스케라는 인간의 두뇌에 저장되는 것일까? 나는 눈이 핑 도는 것을 느끼며 한숨을 내쉬었다.

'잠깐이라도 엑페와 훈련을 해서 다행이군. 곧바로 실전에 투입하기엔 변수가 너무 많아.'

유체 금속은 총 일곱 덩어리가 있다, 하지만 내 머리가 견딜 수 있는 것은 네 덩어리가 한계였다.

나는 네 개의 유체 금속에 각기 번호를 매긴 다음, 일제히 적을 향해 쏘아냈다.

칼 모양으로.

쉬이이이이이이이익!

모양을 칼로 잡은 것은, 그것이 이미지상 오러 소드를 발동시키기 쉽기 때문이다.

파지지직!

동시에 우주 괴수가 십여 개의 촉수를 뿌렸다. 그리고 뭉쳐 날아가는 네 자루의 칼과 정면으로 충돌했다.

푸확!

그러자 갈라졌다.

유체 금속 검이 모든 촉수를 종잇장처럼 가르며 직선으로 뚫고 지나간다.

'엄청나군.'

내가 날렸으면서도 믿을 수 없는 위력이다.

물론 예상은 했다. 유체 금속이 오러를 저장할 수 있다는 걸 알게 된 순간, 이것이 엄청난 가능성을 품고 있다는 것을.

그 순간, 적의 몸에서 날카로운 검은 기운이 일제히 뿜어져 나왔다.

침 천 개.

하지만 이것도 마찬가지였다. 오러 소드를 발동시킨 유체 금속 검은 그 모든 걸 가볍게 가르며 적의 본체에 육박했다.

'흩어져!'

충돌 직전의 순간, 나는 네 자루의 검을 컨트롤했다.

푸확!

모여 있던 칼은 중심부에서 상하좌우로 흩어지며 적을 관통했다.

그것은 말 그대로 관통이었다. 적의 등 뒤로 뚫고 나온 검은 사방으로 흩어지며 새로운 간격을 만들었다.

구우우우우우우우!

우주 괴수가 몸에 뚫린 구멍으로 검은 연기를 내뿜으며 소리를 지른다.

하지만 치명상과는 거리가 멀었다. 관통한 것은 우주 괴수의 핵심부가 아니었다.

덩치는 저렇게 거대해도, 진짜 핵심부는 사람 하나 정도의 크기다.

대신 네 자루의 칼이 적을 관통하며 확보한 정보를 종합해,

나는 적의 정확한 핵심부의 위치를 파악할 수 있었다.

'저기다.'

나는 사방에 띄워놓은 유체 금속 검을 다시 한번 적에게 집중했다.

쉬이이이이익!

그 순간, 적의 몸 주위에 폭발을 일으켰다.

콰과과과과과과과과광!

하지만 소용없다.

푸확!

오러를 두른 유체 금속 검은 작열하는 폭발까지 그대로 관통하며 적의 몸속으로 파고들었다.

그리고 내부의 한 점에서 충돌했다.

그러자 유체 금속 검을 감싸고 있던 검은 것들이 폭발했다.

그것은 폭음도 없고, 불꽃도 없는 공허의 폭발이었다.

멀리서 지켜보고 있음에도 불구하고, 폭발이 만들어내는 어둠이 내 몸까지 스치며 멀리 퍼져 나갔다.

그러자 세상이 약간 밝아졌다.

물론 아주 약간이다. 여전히 도시는 캄캄했고, 남아 있는 네 마리의 괴물이 빠른 속도로 접근하고 있었다.

하지만 전혀 두렵지 않았다. 그냥 싸워도 충분히 승산이 있지만, 새로 얻은 무기는 그것을 훨씬 수월하게 만들어주었다.

나는 유체 금속을 다시 회수하며 내부에 충전 상태를 확인했다.

'스케라는 아직 충분하고… 오러는 30 정도 소모됐군.'

유체 금속 하나당 오러를 100씩 채워놨다. 나는 소모된 분량만큼 다시 충전하며 심호흡을 했다.

엄청난 효율이다.

아무리 컨트롤이 까다롭다 해도, 오비탈의 과학과 레비그라스의 오러의 조합이 만들어낸 효율은 상상 이상이다.

나는 곧바로 서쪽에서 다가오는 적을 향해 몸을 날렸다.

포위되기 전에 해보고 싶은 게 있다. 나는 유체 금속 검을 먼저 날린 다음, 적을 향해 뒤따라 계속 달렸다.

우우우우우우웅!

적은 이번에도 두꺼운 촉수를 날렸다. 나는 네 자루의 무기를 사방으로 펼치며 적의 공세를 유도했다.

"크……."

순간 머리가 아찔해졌다.

서로 간격이 멀어지면 멀어질수록 컨트롤이 까다롭다. 나는 극한의 정신력을 발휘해 네 자루의 검을 최대한 먼 곳으로 뿌리며 조종했다.

그러자 우주 괴수도 전력을 다해 촉수를 뿌려댔다.

우우우우우웅!

우우우우우웅!

우우우우우우우우우웅!

약 120여 개의 촉수가 사방으로 분산되며 유체 금속 검을 뒤쫓는다.

검들은 기본적으로 나선을 그리며 적의 촉수를 유도했다. 하지만 그것만으로는 진행 방향이 읽혀 격추당할 우려가 있었다. 때문에 나는 서로 다른 난수를 부여해 검을 조종했다.

'120개가 만들어낼 수 있는 촉수의 전부인가 보군.'

나는 일부러 그것을 유도했다.

첫 번째 우주 괴수를 쓰러뜨린 순간, 촉수의 뿌리 부근에 적의 핵심부가 있는 것처럼 보였기 때문이다.

물론 몇 개의 촉수만으로는 확신할 수 없다. 하지만 우주 괴수의 온몸에, 그것도 전방위에 걸쳐 촉수를 뻗어 나오게 한다면, 그 촉수의 뿌리 부분이 만나는 중심점을 정확히 계산할 수 있었다.

이것도 서로 다른 방위에서 네 개의 시각 정보가 실시간으로 들어오고 있기에 가능한 계산이다. 나는 머릿속에 우주 괴수의 입체적인 모형을 그린 다음, 계산이 끝난 적의 중심부를 향해 그대로 몸을 날렸다.

오러 윙을 전개하고.

파직!

허리에 찬 진짜 칼을 뽑아 든 채.

우웅!

단숨에 적의 껍질부를 뚫고, 중심부 깊은 곳까지 육박했다.

'압력이 엄청나군.'

하지만 위험을 느낄 정도는 아니다. 나는 먼저 오러 브레이크를 발동시키며 중심부의 압력을 완화시켰다.

콰과과과과과과과과과과광!

동시에 오러 윙으로 추진력을 얻으며, 적의 핵심부를 향해 한층 더 나아갔다.

그러자 눈앞에 새카만 덩어리가 보였다.

주변의 어둠보다 더 어두운, 마치 블랙홀의 중심부와 같은 순수한 검은색.

그 검은색이 마치 잠든 아기처럼 그곳에 웅크리고 있었다.

이것이 바로 핵심부다.

순간 핵심부 주위로 어둠의 농도가 짙어지는 것이 보였다.

'위험을 느낀 건가?'

모든 것이 찰나의 순간의 연속이었지만, 나는 그 모든 순간을 정확히 인식하고 있었다.

적은 마치 몸 안에 들어온 병원체를 제거하려는 항체와 같은 반응을 보이고 있다.

하지만 느리다. 나는 눈앞에 있는 어둠의 중심을 향해 칼을 찔러 넣었다.

푸확!

칼날은 단숨에 그것을 관통했다.

전에는 이것을 파괴하기 위해 몇 번이나 같은 작업을 반복해야 했다.

하지만 이번엔 그럴 필요가 없었다. 그 일격으로 나를 감싼 검은 세계가 일제히 폭발을 일으켰다.

공허의 폭발.

그러자 이번엔 정말로 세상이 환해졌다. 제아무리 어두워진 도시라 해도, 우주 괴수의 몸속보다는 훨씬 밝은 편이었다.

나는 그대로 30여 미터를 추락하며 지상에 착지했다. 동시에 하늘을 배회하고 있던 유체 금속 검들을 회수하며 상태를 확인했다.

'이번엔 오러의 소모가 거의 없군.'

대신 본체인 내 쪽의 소모가 있었다. 굳이 위험을 무릅쓰고 이런 일을 벌인 이유는 공허 합성체의 핵심부의 위치에 대한 체험적인 결론이 필요했기 때문이었다.

이제는 확실히 알 것 같다.

굳이 120개의 촉수를 전부 뽑아내지 않더라도, 어느 정도의 사전 정보만 있다면 핵심부의 위치를 정확히 노릴 수 있을 것 같았다.

물론 실전에서 테스트를 해봐야 한다. 다행히 실험을 진행할 적의 숫자는 충분했다.

* * *

"이 망원경, 대대로 저의 가문의 가보로 삼겠습니다."

정보원은 내 얼굴을 보자마자 한쪽 무릎을 꿇었다.

"이런 싸움은 처음 봤습니다. 처음 두 마리를 잡은 것도 엄청났지만… 나중에 세 마리는 말 그대로 순식간에 잡으시더군요. 신들의 싸움이 이런 걸까요? 사실 몇 주 전에 이곳에서 검신의 싸움도 지켜봤습니다만… 당신에 비하면 아무것도 아니었습니다. 검신의 칭호는 당신이 가져야 마땅하다고 생각합니다."

"하하……."

나는 가볍게 웃으며 정보원의 몸을 일으켰다.

"엑페 님께 미안하니 그런 소리 하지 마세요. 그보다도 전해주실 게 있습니다."

"네, 뭐든 말씀하십시오. 회장님께 전문입니까?"

"저는 지금부터 칼날산맥으로 이동합니다. 그리고 그쪽 일을 해결한 다음에 곧바로 '오비탈'이란 곳으로 갑니다."

정보원은 눈알을 빠르게 굴리다 고개를 갸웃거렸다.

"오비탈요? 처음 들어보는 지명입니다만……."

"그냥 그렇게 전해주시면 됩니다. 아, '스케라'를 회복하기 위해서 간다고 덧붙여 주시면 감사하겠습니다."

레비그라스에서는 소모된 스케라를 회복할 방법이 없다. 사실 약간의 침식이 진행 중이지만, 이 정도로는 하루 종일

기다려도 스케라 스텟이 1이나 회복될지 알 수 없는 정도다.

'칼날산맥의 문제를 해결하면 당분간 레비그라스에 우환은 없다. 마지막으로 오비탈에 다녀와 스케라를 충전해 놓는 게 좋겠지.'

"기왕이면 가시기 전에 론돈에 들려서 생색을 내는 게 어떨까 싶습니다만……."

"론돈요?"

"네. 신성제국의 임시 제도입니다."

정보원은 아쉬운 듯 성벽 너머를 돌아보며 말했다.

"여기서 남동쪽에 있습니다. 지금 제국 전역에 흩어진 군대와 기사를 총동원해 모으고 있습니다. 이곳을 재탈환하기 위해서 말이죠. 만약 지금 황제를 만나 이곳에 있던 일을 말한다면 대가로 100만 씰은 우습게 얻어낼 수 있을 겁니다. 아, 씰은 안티카의 화폐니까 제국 화폐로 하면……."

"됐습니다."

나는 쓴웃음을 지으며 고개를 저었다.

"어차피 제국도 싸워야 하니까요. 신성제국의 모든 힘을 모으면 적어도 공허 합성체 한 마리씩은 상대할 수 있겠죠. 부디 마릿수가 쌓이기 전에 진격하라고 전해주십시오."

"네, 알겠습니다."

정보원은 손바닥을 가슴에 얹으며 고개를 숙였다. 나는 고개를 끄덕이며 성벽 밖에 준비되어 있는 텔레포트 게이트를 향해 뛰어내렸다.

* * *

레비의 성물이 파괴된 탓에 새로운 텔레포트 게이트를 더 이상 만들 수 없게 됐다.

하지만 기존에 깔려 있는 게이트는 사라지지 않았다. 박 소위는 이럴 경우를 위해 미리 보유한 각인사들을 풀어 게이트가 없는 주요 요충지를 연결해 놓았다.

덕분에 나 역시 기존의 게이트 망이 연결되어 있는 제국의 도시들로 빠르게 이동할 수 있었다.

제국의 주요 도시들은 대부분 분위기가 비슷했다.

우울하고, 절망에 빠져 있으며, 갑갑해 보인다.

긍정적인 것은 과거에 느꼈던 레비에 대한 광신적인 분위기가 사라졌다는 점이다. 대신 사방에서 기존의 신도들과 신앙을 버리거나 바꾼 민간인들과의 설전이 끊임없이 벌어졌다.

"닥쳐! 지금의 이 위기도 레비의 경전에 다 나와 있는 사실이다! 빛의 신께서 우릴 시험하고 계신 거야!"

"시끄러워! 어차피 다 끝났어! 더 이상 텔레포트 게이트를 만들 수 없다잖아! 그게 무슨 뜻인지 몰라?"

"불신자! 신께선 잠시 자리를 비운 것뿐이다! 우리의 믿음이 있다면 다시 돌아와 다시 온 세상을 비추실 거야!"

"그럴지도 모르지. 하지만 좀 더 간단한 설명이 있잖아? 신의 성물이 파괴된 거야. 이제 빛의 신은 사라진 거라고."

"성물은 신과 인간을 잇는 중계물일 뿐이다! 성물이 파괴되었다고 신께서 사라지실 것 같나?"

"하지만 더 이상 역사하시지 않지. 그럼 다 끝난 거 아냐?"

거리 곳곳에서 이런 식의 논쟁이 벌어지고 있었다.

분위기가 격해지면 주먹 다툼이 벌어졌고, 오러나 마법을 가진 자들끼리는 목숨을 건 결투나 일방적인 학살이 시작되기도 했다.

그리고 나는 이 모든 난장판에 가급적 개입하지 않았다.

레비에 관한 것은 이미 내 머릿속에서 끝난 문제다. 그보다 훨씬 심각하고 해결 못 한 문제들이 여전히 남아 있었다.

보이디아.

결국 모든 것은 보이디아 차원으로 귀결된다.

'레비그라스는 이미 공허 합성체들이 나타나기 시작했다. 물론 잡는 건 문제가 아니지만…….'

문제는 이 녀석들이 나타나는 것만으로도 보이디아의 오염도가 높아진다는 것이다.

[행성. 독립된 차원. 현재 다른 차원에 의해 느린 속도로 침식당하고 있음. 지구: 0.14%, 오비탈: 1.16%, 보이디아: 16.04%]

이것이 과거 정령왕들의 분쟁을 해결한 직후에 감정한 레비그라스 차원이고.

[행성. 독립된 차원. 현재 다른 차원에 의해 느린 속도로 침식당하고 있음. 지구: 0.18%, 오비탈: 1.66%, 보이디아: 25.04%]

이것이 지금 레비그라스의 상황이다.

내가 다른 차원들을 다녀온 사이, 보이디아 차원의 침식이 무려 10퍼센트 가까이 높아졌다.

이런 속도로 높아지면 얼마 지나지 않아서 과거의 지구처럼 태양이 가려질 것이다.

과학기술이 극도로 발전한 오비탈 차원이라면 모를까, 레비그라스에서 태양이 사라지면 순식간에 모든 경제가 무너질 것이다.

당연히 인간들도.

대체 어떻게 하면 이 무자비한 침식을 막을 수 있을까?

'답은 모른다. 하지만 답을 알고 있는 사람은 알고 있지.'

나는 멀리 보이는 거대한 산맥을 노려보며 생각했다.

이미 기회는 있었다.

직접 물어보고, 확답을 들을 기회가.

하지만 나중으로 미뤘다. 엑페와 만나고, 류브에 출몰한 공허 합성체를 제거하고, 마지막으로 칼날산맥에 있는 레비의 대신전의 잔존 세력을 소탕한 이후로 미뤘다.

그리고 마지막으로 오비탈에 한 번 더 다녀온 이후로 미룰 것이다. 모든 것이 정리되고, 모든 준비가 완벽히 갖춰진 이후에 물어봐도 늦진 않을 테니까.

"그냥 진실을 회피하고 있을 뿐인가……."

나는 한숨을 내쉬었다.

무려 99나 되는 정신력을 가지고도, 나는 내가 직면해야 할 진실을 마주 볼 용기를 낼 수 없었다.

*　*　*

칼날산맥은 신성제국의 영토에서 가장 동쪽에 있는 산맥이다.

험준하기론 레비그라스에서 둘째가라면 서러운 곳이다. 이름처럼 날카로운 수백 개의 산들이 끝없이 이어져 있어 산을 타는 것부터가 엄청난 난제였다.

그리고 쉴 새 없이 불어대는 격렬한 돌풍이 산행을 더욱 괴롭게 만들었다.

'끔찍한 곳이군.'

처음에는 위험할 때마다 바닥에 칼을 꽂으며 균형을 잡았고, 나중에는 아예 오러 윙을 상시 전개해서 돌풍에 날아가지 않도록 대비를 해야 했다.

환경이 이러다 보니 이곳엔 거주하는 인간도, 뭔가를 얻기 위해 산을 오르는 인간도 없었다.

소드 마스터조차 애를 먹는 환경에 인간이 살 수 있을 리가 없다.

덕분에 목표를 포착하는 건 매우 쉬웠다.

맵온에 표시되는 칼날산맥의 전 지역을 통틀어, '인간'이 검색되는 곳은 단 한 군데뿐이었으니까.

나는 골짜기 너머 펼쳐진 험준한 계곡을 노려보며 중얼거렸다.

"여기가 바람계곡인가……."

맵온에 표시되는 인간은 총 63명이다. 이 계곡 어딘가에 저들이 숨어 있는 비밀 거점이 있을 것이다.

하지만 지상에는 아무것도 보이지 않았다.

'결국 지하에 있다는 말인데, 대체 어디로 통로가 이어진 거지?'

나는 맵온에 붉은 점이 깜빡거리는 바로 그 장소에 버티고 섰다.

마음 같아서는 오러 스킬이나 마법을 활용해 지면을 박살내고 싶다.

'하지만 이 아래엔 지구인도 있다. 그들까지 희생시킬 수는 없어.'

나는 고개를 저으며 '몰살'이라는 어두운 유혹을 머릿속에서 떨쳐냈다.

문득 오비탈의 올더 랜드가 떠올랐다.

그곳도 지하에 있는 거점이다. 하지만 그것이 가능한 건 그들이 높은 과학기술로 땅굴을 뚫었기 때문이다.

'레비의 신관들이 이 돌산의 지하에 구멍을 뚫고 파고 들어갔을 리가 없어. 결국 지하에 있는 자연동굴 같은 장소에 살고 있다는 말인데…….'

그렇다면 어딘가에 동굴로 통하는 입구가 있을 것이다. 나는 계곡 전체를 돌아다니며 수색을 감행했고, 결국 바위 사이에 난 작은 틈 하나를 발견했다.

이 거대한 계곡 전체를 통틀어, 뭔가 동굴 비슷한 건 이것밖에 없다.

문제는 그 틈으로 엄청난 강풍이 끊임없이 뿜어져 나오고 있다는 것.

쉬이이이이이이이이이이이이익!

계곡 전체에 몰아치는 돌풍의 근원이 이곳이라 해도 믿을 수 있을 정도였다. 나는 틈이 난 바위 벽 바로 옆에 버티고 선 채 호흡을 골랐다.

'저 속으로 들어갈 수 있을까?'

틈은 사람 두 명이 서면 꽉 들어찰 정도로 좁았다. 나는 근처의 돌부리를 움켜쥔 다음, 잽싸게 동굴 안쪽으로 몸을 뻗으며 칼을 찔러 넣었다.

콰직!

그리고 벽에 박힌 칼을 지지대 삼아, 아주 천천히 틈 안으로 몸을 집어넣었다.

쉬이이이이이이이이이익!

당장에라도 튕겨 날아갈 것 같았다.

나는 한쪽 벽에 등을 붙인 채 최대한 몸을 밀착시키며 조금씩 걸음을 옮겼다.

한 걸음을 움직일 때마다 칼날을 돌바닥에 꽂으며 지지대를 만들었다. 소드 마스터의 근력을 가지고 있음에도, 조금만 방심하면 동굴 밖으로 밀려 날아갈 지경이다.

덕분에 나는 이 바람의 근원이 무엇인지 새삼 자각할 수 있었다.

'바람의 정령왕이군.'

나는 한숨을 내쉬었다.

바람의 정령왕인 '쿨로다'는 칼날산맥 어딘가에 있다고 한다.

그리고 당연하게도 이 동굴 안쪽의 어딘가에 있을 것이다. 그렇지 않고서야 이런 말도 안 되는 풍압이 끝도 없이 지속될 리 없다.

그런데 레비의 신관들은 대체 어떻게 이 안으로 들어갔을까?

'설마 바람의 정령왕은 레비의 편인가?'

그것은 가장 상상하기 싫은 가설이었다. 초월체는 인간에게 직접적으로 관여하지 않지만, 정령왕은 그런 것에 연연하지 않고 마음껏 움직이는 것이다.

어쩌면 레비의 잔당을 소탕하는 가벼운 작전이 바람의 정령왕을 직접 상대해야 할지도 모르는 엄청난 사건으로 돌변할지도 모른다.

나는 동굴 중간에 걸음을 멈춘 채 손가락에 낀 세 개의 반지를 만지작거렸다.

"아무리 그래도 정령왕은……."

이길 수 있을까?

어쩌면 가능할지도 모른다. 내가 가진 모든 힘을 총동원한다면.

하지만 무의미한 싸움이다. 바람의 정령왕을 제거한다고 보이디아 차원의 침식이 멈출 리도 없고, 오히려 내가 모르는 정령의 균형이 무너져 자연적인 대재앙이 벌어질지도 모른다.

'아니, 그래도 의미가 있을지도 모른다.'

나는 걸음을 옮기며 과거의 일을 떠올렸다.

냉기의 정령왕 아이시아는 자신의 부정적인 감정에 빠진 탓에 스스로 보이디아 차원의 매개체로 사용됐다.

어쩌면 바람의 정령왕도 비슷한 상황일지 모른다. 만약 정령왕의 문제를 내가 해결할 수 있다면, 과거에 그랬던 것처럼 순식간에 침식도가 5퍼센트쯤 내려갈지도 모른다.

'퀘스트는 없지만 해볼 만한 일이다. 그리고 만약 그렇게 된

다면… 이번에는 바람의 정령왕의 힘을 얻을 수 있지 않을까?'

정령왕의 힘은 모두 강력했고, 특정 상황에서 매우 유용하게 사용할 수 있다.

걱정이 있다면 더 이상 정령왕의 문장이 새겨질 곳이 남지 않았다는 것이다. 이미 내 양 손등과 손바닥은 네 정령왕의 문장으로 꽉 차 있었으니까.

'아직 오른 손바닥이 남아 있지만 그건 땅의 정령왕이 찍어놓았지…….'

나는 피식 웃으며 고개를 저었다.

현실적으로는 설사 정령왕의 힘을 얻을 수 있다 해도 만나지 않는 편이 좋다.

목표는 어디까지나 레비의 잔당을 퇴치하고 그곳에 갇혀 있는 지구인들을 구출하는 것이다. 그것만 성공하면 이런 위험한 장소엔 1초도 더 있을 필요가 없었다.

* * *

'그런데 구출한 지구인들을 어떻게 데리고 빠져나오지?'

생각이 거기에 미친 순간, 눈앞에 두 개의 갈림길이 나타났다.

왼쪽 통로는 이 미칠 듯한 바람이 쏟아지는 근원이고, 오른쪽 통로는 별다른 이상이 느껴지지 않았다.

분명 오른쪽이 정답일 것이다.

맵온을 열고 확인해도 오른쪽 통로 방향에 인간들이 표시되었다.

'물론 통로 안쪽이 어떤 구조인지까지는 모르지만… 십중팔구 이쪽에 신관들과 지구인이 살고 있을 거다.'

하지만 나는 오른쪽 통로로 이동할 수 없었다.

물론 가는 건 어렵지 않다. 하지만 이 통로에 불고 있는 강풍을 해결하지 않는 이상, 구해낸 지구인들을 데리고 밖으로 탈출하는 것은 불가능하다.

'어쩌면 안쪽에 다른 출구가 있지 않을까? 내가 발견하지 못한 계단 같은 통로가…….'

나는 고민하고, 또 고민했다.

결론은 '시공간의 축복'이었다.

'어차피 죽어도 5분 전으로 돌아온다. 그렇다면 미리 바람의 정령왕을 만나서 어떤 상황인지 확인하는 게 옳은 판단이겠지.'

그래서 나는 왼쪽 통로로 걸음을 옮겼다. 그리고 다시 맵온을 열고 새로운 검색어를 외쳤다.

'정령왕!'

그러자 곧바로 깜빡이는 은색 점이 표시됐다.

"헉……."

나는 은색 점과 내 위치를 확인하며 심호흡을 했다.

가깝다.

이렇게 느린 속도로 움직인다 해도 앞으로 5분이면 정령왕이 있는 곳에 도착할 정도다.

그런데 그때, 바람이 멈췄다.

하지만 나는 벽에서 몸을 떼지 않았고, 바닥에 꽂아 넣은 칼을 뽑지도 않았다.

'바람이 안 분다고 방심했다가 다시 몰아치면 그게 더 위험하다.'

어쩌면 바람의 정령왕도 그런 방심을 노리고 있는지도 모른다. 하지만 그런 내 마음을 읽기라도 한 듯, 머릿속에 누군가의 가느다란 목소리가 울렸다.

—함정이 아니다. 빨리 와라.

이것은 바람의 정령왕의 목소리일까?

나는 여전히 긴장을 풀지 않은 채 걷는 속도를 조금씩 높였다.

—너라면 1초 안에 내가 있는 곳으로 올 수 있겠지. 빨리 오지 않으면 다시 힘을 풀겠다.

그와 동시에 나는 지면을 박차며 동굴 안쪽으로 몸을 날렸다.

그 한 번의 도약으로 나는 좁은 동굴을 벗어나 내부에 있는 공간에 도착할 수 있었다.

'생각만큼 넓진 않군.'

첫인상은 기대 이하였다.

도착한 곳은 지금까지 만났던 정령왕들의 거처와는 많이 달랐다. 그곳은 내가 들어온 입구를 포함해 네 개의 통로가 만나는 교차로에 불과했다.

나는 한쪽 벽에 등을 붙인 채 바람의 정령왕을 바라보았다.

바람의 정령왕은 그 교차로의 중심부에 서 있었다.

외견은 얼핏 물의 정령왕과 비슷했다. 투명하고 하늘거리는, 젊은 여성의 형태를 한 '바람'의 덩어리다.

그녀는 방금 내가 들어온 통로와 그 옆에 있는 통로를 향해 손을 뻗고 있었다.

—쿨로다라고 불러라.

정령왕은 짧게 말하며 한쪽 손을 거뒀다.

쉬이이이이이이이이이이이이이익!

그러자 통로로 다시 폭풍 같은 바람이 쏟아지기 시작했다. 나는 그제야 그녀가 바람을 뿜고 있는 것이 아닌, 어딘가에서 나오는 바람을 막고 있었다는 것을 알게 됐다.

그녀는 반대편에 있는, 아래쪽으로 이어진 통로를 가리키며 말했다.

—바람은 저곳에서 나온다. 풍혈(風穴)이라고 하지.

나는 안도의 한숨을 내쉬었다.

정령왕은 차분하고 태연했다. 누가 봐도 보이디아 차원에 오염된 모습은 아니다.

하지만 그녀의 이어진 말은 훨씬 더 충격적이었다.

—나는 레빈슨과 계약을 했다. 비록 그를 내 화신으로 만들진 않았지만, 내 요구를 들어준다면 결국 힘을 나눠줄 예정이었다.

나는 긴장이 치솟는 것을 느끼며 마른침을 삼켰다.

'레빈슨과 계약을 했다고, 화신? 그럼 같은 편인가? 이 모든 게 함정인가?'

지금 당장에라도 들어왔던 통로로 몸을 날려 도망치는 게 좋지 않을까?

물론 그렇게 하면 엄청난 기세로 밖으로 튕겨 날아가겠지만, 이런 좁은 공간에서 정령왕과 일대일로 싸우는 것보다는 훨씬 안전할 것이다.

그러자 정령왕이 웃었다.

—그러지 마라. 함정이 아니니까. 물론 네가 바람에 휩쓸려 동굴 밖까지 날아가는 모습을 보는 건 재밌을 것 같지만.

"레빈슨과 계약을 했는데… 적이 아니란 말입니까?"

—내가 어떤 인간과 계약을 했다고 해서, 그 인간의 적과 적

이 될 이유는 전혀 없다. 그렇지 않나?

쿨로다는 내 쪽으로 한 발 더 다가오며 말했다.

—너는 이미 다른 자매들과 계약을 맺었지. 모두의 화신이 되었다. 그렇다고 너의 적이 내 자매들의 적이 되는 건 아니다. 레빈슨이 다른 정령왕을 찾아간다 해도, 그녀들이 레빈슨을 보자마자 죽이진 않을 것이다.

생각해 보니 그렇다.

하지만 앞으로 내가 할 행동은 그녀의 선택에 영향을 미칠지도 모른다. 쿨로다는 내 생각을 읽었는지 고개를 끄덕이며 말했다.

—너는 레비의 신관들을 죽이려 하는구나. 그래도 나완 상관없다. 레빈슨이 원한 건 그런 게 아니었으니까.

"대체 레빈슨과 무슨 계약을 하신 겁니까?"

—그는 나에게 절대적으로 안전한 장소를 요구했다.

쿨로다는 여전히 뻗고 있는 한쪽 손을 까딱였다.

—저쪽 통로로 들어가면 그들이 살고 있는 장소가 나온다. 네가 죽이려는 신관과 지구인들이 있지. 그래서 나는 여기서 그곳을 향하는 바람을 막고 있다.

"바람을 막고 있다니… 여기서 이렇게 영원히 말입니까?"

—상관없다. 어차피 내가 사는 곳이니까. 그리고 영원은 아니다. 나는 장소를 제공하는 대신 레빈슨에게 내가 가진 문제를 해결해 줄 것을 요구했다.

쿨로다는 마지막으로 남은 또 하나의 통로를 돌아보며 말했다.

—저곳으로 가면 풍혈의 근원이 나온다. 만약 그곳을 제어할 수 있다면 풍혈은 멈추게 된다. 한동안 말이지.

"대체 어떻게……."

—그 전에 네게 묻고 싶은 게 있다.

쿨로다는 투명한 눈으로 내 눈을 마주 보았다.

—레빈슨은 이미 죽었나?

어차피 정령왕의 앞에서 거짓은 의미가 없다. 나는 솔직하게 대답했다.

"네, 오비탈이라는 차원에서 죽었습니다. 제가 직접 죽였습니다."

—그렇구나. 안타깝게 되었다.

쿨로다는 딱히 동요하거나 흥분하지 않았다.

—그는 빛의 초월체를 위해 일하던 인간이다. 그리고 레비그라스를 위해 일했지. 하지만 그의 행동은 결국 레비그라스의 파멸을 일으켰다.

"저도 동의합니다. 특히 정령왕 사이에 분쟁을 일으켜 냉기의 정령왕을 타락시켰죠."

애당초 레빈슨이 아이시아에게 전이의 각인을 쓰지 않았다면 타락할 이유도 없었을 것이다. 쿨로다는 고개를 끄덕이며 말했다.

—그렇다. 나는 이곳에 머무른 덕분에 자매들 중에서 가장 강한 힘과 통찰력을 손에 넣었다. 이곳은 마나가 넘치는 땅이니까.

"확실히… 그런 것 같군요."

나는 감정의 각인을 사용하며 고개를 끄덕였다.

[사용자를 중심으로 반경 10㎞ 내의 마나의 농도는 레비그라스의 평균치의 210퍼센트. 현재 해당 지역 마나의 농도가 느리게 성장 중.]

이곳의 마나는 레비그라스의 평균치의 두 배를 넘는다.

그것도 사방 10㎞의 평균이다. 당장 이 동굴 안만 계산하면 분명 몇 배는 더 높을 것이다.

'이런 곳에서 수련을 해서… 지구인들이 전생보다 더 빠르게 성장한 걸까?'

나는 오비탈 차원에서 싸웠던 지구인 합성체를 떠올리며 진저리를 쳤다. 쿨로다는 흥미롭다는 얼굴로 미소를 지었다.

—너는 정령왕조차 모르는 것들을 많이 경험했구나. 그래도 그 질문엔 확실히 대답해 줄 수 있다.

"네? 어떤 질문 말입니까?"

—레빈슨은 최근에 이곳에 지구인을 데려왔다.

"그건 저도 알고 있습니다만…….

—아니, 저곳에 말이다.

쿨로다는 풍혈의 근원이 있다는 동굴을 가리켰다.

—그것이 나와의 계약이었다. 레빈슨은 마력을 빠르게 흡수할 수 있는 인간들을 데려와서 풍혈을 제어하려 했다.

“…네?”

—이해하기 쉽게 말하면 제물이다.

순간적으로 쿨로다의 목소리가 싸늘해졌다.

—레빈슨은 많은 지구인을 풍혈에 제물로 바치기로 했다. 지구인의 마나에 대한 높은 적응력으로 대량의 마나를 소모시키는 거지. 그리고 대부분은 그 과정에서 죽는다. 하지만 레빈슨은 나중으로 미뤘다. 당장은 자신이 지구인을 ‘사용’해야 한다며.

“그러니까 당신의 말은……”

—그래. 내가 요구한 것이다.

쿨로다는 태연하게 말했다.

—내가 제물을 요구했다. 레빈슨의 일이 탈 없이 진행되었다면 수십 명의 인간이 풍혈에 들어갔겠지.

‘전력이다.’

나는 순간적으로 전력을 펼치려 했다.

내가 가진 모든 화력을 한순간에 퍼부을 수 있다면, 저 막강한 정령왕을 죽일 수 있을지도 모른다.

—참아라.

그러자 쿨로다가 고개를 저었다.

—물론 내가 부탁하지 않아도 너는 참겠지. 그래도 부탁한다. 참아라.

"…너무 뻔뻔한 요구 아닙니까?"

—사과할 생각은 없다. 정령왕과 인간은 본래 그런 관계니까. 그리고 어차피 내 예상과는 다른 결과가 나왔을 테고.

"네?"

—레비의 신관들은 얼마 전에 몇 명의 지구인을 풍혈에 집어넣었다. 하지만 절반 이상이 살아남았다. 심지어 강력한 힘을 얻어서.

아마도 그들이 내가 오비탈에서 싸웠던 라르손과 마울라마일 것이다. 쿨로다는 친절하게 고개를 끄덕이며 대답했다.

—그래. 그런 이름이었다. 몇 명 더 있었지만.

"…그래서 풍혈은 약해졌습니까? 제어할 수 있게 된 겁니까?"

—지금 내 모습을 보면 모르겠나?

쿨로다는 처연하게 웃었다. 나는 풍혈과 연결되고 있다는 또 다른 통로를 바라보며 물었다.

"솔직히 이해를 못 하겠습니다. 당신은 바람의 정령왕이 아닙니까? 어째서 바람에 휘둘리고 있는 겁니까?"

—너는 노바로스를 만났겠지?

"네, 불의 정령왕 말씀이죠."

―노바로스는 화산과 용암에 살고 있지. 하지만 그 아이가 컨트롤하는 것은 극히 일부에 불과하다. 오히려 그 장소에 묶여 용암이 폭발하는 것을 막고 있는 셈이다. 어째서일 것 같나?

“그건…….”

나는 엘프와 불의 정령왕의 계약을 떠올리며 답했다.

“엘프를 위해서입니까?”

―지상의 모든 생물을 위해서다. 우리는 본능적으로 이 세계의 파멸적인 재앙을 막으려 한다. 어느 때는 거대한 용암이 폭발하고, 어느 때는 지상을 뒤덮는 홍수가 발생하며, 어느 때는 모든 것이 얼어붙는 냉해가 일어나고, 어느 때는 모든 것을 파괴하는 지진이 시작된다.

쿨로다는 좁은 공간에서 먼 곳을 바라보며 말했다.

―그리고 내가 이 풍혈을 관리하지 않으면, 지상엔 모든 것을 삼키는 토네이도나 태풍이 일어날 것이다. 물론 지금 당장 그렇게 된다는 건 아니지만.

“아…….”

―그냥 그렇다는 말이다.

정령왕은 인간처럼 어깨를 으쓱였다.

―하지만 우리가 관여할 수 있는 것은 오직 우리가 속한 세계뿐이다. 우리들은 초월체의 일에 관여할 수 없고, 다른 차원의 힘에 저항할 수 없다. 오히려 쉽게 휘말려서 파멸을 앞당길

뿐이지. 안 그런가, 초월자여?

나는 잠자코 고개를 끄덕였다. 쿨로다는 신관들이 있는 통로 쪽을 바라보며 말했다.

—그리고 레빈슨은 이미 죽었다. 계약도 소멸했다. 내가 더 이상 저쪽 통로로 쏟아지는 풍혈의 바람을 막을 필요가 없어진 거지.

쿨로다는 당장에라도 통로를 향한 팔을 거둘 기세였다. 나는 등골이 오싹해지는 것을 느끼며 물었다.

"그렇게 하면 어떻게 됩니까?"

—죽겠지. 저곳에 살고 있는 모든 인간이. 운이 좋으면 밖으로 연결된 통로로 비집고 나와 튕겨 날아갈지도 모르지만, 어지간히 강하지 않다면 살아남기 어려울 거다.

결국 세뇌당한 지구인도 모두 함께 죽는다는 말이다. 쿨로다는 묘한 미소를 지으며 물었다.

—그게 싫으면 네가 나와 새롭게 계약하겠나?

"네?"

—레빈슨이 하려던 일을 네가 대신 해달라는 말이다. 만약 성공하면, 나는 내가 줄 수 있는 모든 것을 주겠다. 네가 구하려는 자들을 쉽게 구할 수 있도록 손을 써줄 수 있다.

"어떻게 말입니까?"

—아무리 네가 강력하다 해도, 다짜고짜 저 안으로 쳐들어가면 모든 지구인을 구할 수 없을 거다. 그들이 먼저 막아설

테니까. 그러니 내가 연결된 통로들의 기압을 조종해서 저들 모두를 기절시키겠다.

"그런 게 가능합니까?"

—거짓말은 하지 않는다. 물론 기절한 인간들을 어떻게 할지는 너의 자유고.

그녀는 마치 이 순간을 위해 철저한 준비를 해온 것 같았다. 나를 끌어들여 자신의 도구로 사용하기 위해서…….

나는 심호흡을 하며 물었다.

"그래서 제가 뭘 어떻게 하면 되는 겁니까?"

—그냥 풍혈의 근원으로 들어가면 된다. 그리고 이 바람이 멎을 때까지 마음껏 마나를 받아들여라.

"그러니까… 말하자면 오러나 마력을 수련하라는 뜻입니까?"

정령왕은 고개를 끄덕이며 웃었다.

—그러니 나만 널 이용하는 게 아니다. 네게도 좋은 기회가 될 테니까.

"하지만 제 오러는 더 이상 성장하지 않습니다."

며칠 전에 상급 공허 합성체 다섯 마리를 잡았는데도 오러의 최대치는 고작 1밖에 올라가지 않았다. 그러자 쿨로다는 마치 예상했다는 듯 말을 바꿨다.

—그럼 조건을 바꾸자. 풍혈의 근원에 들어가서 열흘만 있다가 나오면 지구인과 신관들을 기절시켜 주겠다. 만약 그사

이에 풍혈의 바람을 멎게 해주다면, 거기에 추가로 내 화신으로 만들어주겠다. 어떤가?

"열흘이라……."

나는 눈살을 찌푸리며 생각했다.

이야기 자체는 나쁘지 않아 보인다. 무엇보다 세뇌당한 지구인들을 안전하게 구해서 돌아갈 수 있다는 게 매력적이다.

문제는 이렇게까지 해서라도 나를 풍혈의 근원에 들어가게 하려는 쿨로다의 저의다. 나는 솔직하게 그녀에게 질문했다.

"왜 굳이 이렇게까지 해서 저를 그곳에 집어넣으려는 겁니까?"

—가능할 것 같으니까.

쿨로다는 차분하게 답했다.

—레빈슨이 백 년 동안 하지 못했고, 그가 데려온 지구인들도 결국 성공하지 못한 것을, 너라면 가능할 거라고 생각했다.

"어째서입니까?"

—너는 내 자매들이 선택한 화신이니까.

그리고 그것만으로도 모든 것이 설명이 된다는 표정을 지었다. 나는 한숨을 내쉬며 실무적인 것을 질문했다.

"라르손과 마울라마는 그곳에 들어간 지 며칠 만에 나왔습니까?"

—하루.

"네?"

—하루 만에 나왔다. 처음부터 하루만 테스트할 생각이었고, 살아남은 인간도 거의 초죽음이 되어 있었다. 만약 하루 더 있었다면 분명 모두 죽었을 테지.

"그런데 저는 열흘입니까?"

—물론 포기해도 상관없다.

쿨로다는 한쪽 팔을 허리에 얹으며 도발하듯 말했다.

—중간에 도저히 안 될 것 같으면 포기하고 나와도 상관없다. 강제는 아니니까. 그저 내 도움 없이 저 통로로 들어가서 지구인을 구하고 나오면 그만이다. 물론 세뇌를 당한 인간들은 필사적으로 널 죽이려고 하겠지만 말이지.

"하……."

나는 한숨과 함께 웃었다. 그리고 잠시 후, 풍혈의 근원과 이어진 통로를 돌아보며 말했다.

"하겠습니다. 그럼 들어갈 수 있게 해주시겠습니까?"

—물론이지.

쿨로다는 허리에 얹었던 손을 들어 통로를 향해 뻗으며 말했다.

—지금부터 시작이다. 열흘이 지나면 내가 직접 알려주겠다.

동시에 통로를 향해 쏟아지던 바람이 멈췄다.

"감사합니다."

나는 짧게 대답하며 풍혈의 근원을 향해 걸음을 옮겼다.

—가급적 빠르게 들어가길 바란다. 아무리 나라고 해도 동

시에 두 개의 통로를 계속해서 막고 있을 수는 없다. 빨리!

* * *

그래서 나는 달렸다.

한동안 달리자 널찍한 방이 나타났다. 나는 방 한가운데 뚫려 있는 구덩이의 앞에서 멈춰 섰다.

'이게 풍혈의 근원인가?'

곧바로 몸을 숙이며 구덩이 안을 살폈다. 처음에는 오비탈에 있는 스케라의 구덩이가 떠올랐지만, 그 정도로 까마득하게 깊거나 넓은 공간은 아니었다.

동시에 등 뒤에서 광풍이 몰아쳤다.

쉬이이이이이이이이이이이익!

나는 떠밀리듯 구덩이 안으로 떨어졌다.

하지만 특별한 문제는 없었다. 구덩이는 깊이가 30미터 정도라 맨다리로 착지해도 문제없을 정도다.

'별로 특별할 건 없어 보이는데…….'

추락하는 도중엔 그렇게 생각했다.

하지만 바닥에 착지한 순간엔 생각이 완전히 달라졌다. 나는 반사적으로 한쪽 무릎을 꿇으며 양손으로 목을 움켜쥐었다.

숨이 막힌다.

공기 자체가 너무 무거워서 숨을 쉴 수가 없다. 나는 가까스로 한 모금씩 숨을 들이켜며 억지로 몸을 일으켰다.

'왜 이러지?'

눈앞이 핑 도는 게 정신을 차릴 수가 없다. 나는 뒤쪽의 벽에 등을 기대며 감정의 각인을 발동시켰다.

"마나. 내 주변으로 30미터 공간."

그러나 눈앞에 문장이 떠올랐다.

[사용자를 중심으로 반경 30m 내의 마나의 농도는 레비그라스의 평균치의 8,973퍼센트. 현재 해당 지역 마나의 농도가 느리게 떨어지는 중.]

"뭐?"

탄식조차 나오지 않았다.

지금 내가 서 있는 공간의 공기 속에는 레비그라스의 평균보다 90배나 높은 마나가 압축되어 있었다.

• 106장 •
검은색

문득 최하급 지구인 수용소의 작은 방이 떠올랐다.

나는 그곳에서 오러를 각성하기 위해 처음으로 수련을 시작했다.

상상력을 동원해서 마나의 이미지를 끊임없이 움직이는 에너지의 형태로 이미징한다.

마치 방전되는 전류처럼 사방으로 뻗어나가는 노란빛의 미세한 전류가 온 세상에 가득 차 있다는 상상.

그런데 지금은 그런 상상을 할 필요조차 없었다.

풍혈의 근원 속에는 이미 꽉 차 있다. 미세하고 흐릿한 전류가 아닌 맹렬하고 눈부신 전류가.

'실제로는 캄캄한데 말이지…….'

구덩이 속은 사물의 윤곽을 구분하기 힘들 정도로 어두웠다.

하지만 수면에 번지는 파문을 보고 무언가 물속에 빠졌다는 것을 짐작할 수 있었다. 비슷한 개념으로, 몸의 윤곽을 따라 움직이는 마나의 흐름만으로도 내 형태를 생생히 볼 수 있었다.

나는 최대한 호흡을 하지 않았다.

여기서 심호흡이라도 했다간, 도저히 감당 못 할 마나가 흡수되어 내 육체를 내부로부터 폭격할 것이다.

하지만 무슨 짓을 해도 마나가 몸속으로 들어온다. 그리고 감전된 것처럼 내부에 흡수되며 퍼졌다.

나는 전류를 수용할 수 있는 그릇을 만들기 시작했다.

정확히는 이미 완성된 그릇들을 최대한 확장시키려 노력했다. 하지만 그릇은 더 이상 커질 기미를 보이지 않는다.

이유는 간단했다. 지금이 내 오러의 한계인 것이다.

오러: 669(669)

사실 여기까지 성장한 것만으로 다행이다.

그사이, 농축된 마나의 덩어리가 처리되지 못한 채 몸 안을 휘젓기 시작했다.

이것은 그 자체로 독이다.

이대로 내버려 두면 독기가 점점 더 많이 쌓일 것이다. 나는 반사적으로 지면을 박차며 구덩이 밖으로 뛰어올랐다.

일단 숨을 돌려야 한다.

하지만 구덩이 밖으로 머리가 올라온 순간, 몰아치는 엄청난 강풍에 몸이 휘청거렸다.

"앗……."

그리고 다시 추락했다.

'큰일이다.'

눈앞이 아찔했다.

그리고 물속에 빠진 것처럼 몸이 무거워졌다. 막강한 소드 마스터의 내구력조차, 마치 내부에서 피폭되는 방사능 같은 충격에는 견딜 도리가 없다.

'망할… 아예 구덩이 자체를 폭발시켜 날려 버릴까?'

바닥에 착지한 순간, 나는 이를 갈며 오러를 끌어 올렸다.

그때 새로운 아이디어가 떠올랐다.

'왜 오러를 성장시킬 생각만 하지? 그냥 써버리면 되잖아?'

나는 수련을 위한 이미징을 완전히 머릿속에서 지웠다. 그리고 재빨리 열 자루의 고스트 소드를 만들어냈다.

파직!

그리고 구덩이 밖을 향해 수직으로 쏘아 날렸다. 몰아치는 강풍과 충돌한 오러의 검들은 잠시 동안 바람의 힘에 저항했다.

파지지지지지지지지지지직!

하지만 정말 잠시였다. 열 자루 모두 순식간에 강풍에 밀리며 반대 방향으로 날아갔다.

그리고 폭발했다.

콰과과과과과과과과과과광!

구덩이 바닥에서조차 강렬한 폭발이 느껴졌다.

'설마 무너지는 건 아니겠지?'

이제는 반대로 동굴이나 구덩이가 무너지는 것을 피해야 했다. 나는 새로운 고스트 소드를 만든 다음, 몇 초 정도 뜸을 들이며 기다렸다.

그리고 다시 열 자루의 고스트 소드를 하늘로 쏘아 날렸다.

콰과과과과과과과과과과광!

또다시 폭발이 이어졌다. 나는 구덩이가 울리는 것을 느끼며 가볍게 심호흡을 했다.

'고스트 소드 한 자루를 만드는 데 20 정도의 오러가 소모된다. 이것만으로 400의 오러가 소모된 거야.'

하지만 스캐닝의 결과는 조금 달랐다.

오러: 289(669)

400이 아니라 380이 소모됐다.

물론 숫자를 잘못 셌다던가, 혹은 고스트 소드의 효율이 갑자기 좋아진 것은 아니다.

그저 그 짧은 사이에 20의 오러가 회복된 것이다. 나는 호흡을 좀 더 길게 하며 몸속에 쌓여가는 마나가 엄청난 속도로 흡수되는 것을 실감했다.

'장갑차들이 이런 식으로 연료를 엄청나게 퍼먹었지.'

나는 전생의 기억을 떠올리며 쓴웃음을 지었다.

어쨌든 덕분에 한숨 돌릴 수 있었다. 온몸이 터질 듯한 기분이 누그러지고, 혼미했던 머리도 조금씩 깨끗해졌다.

그리고 마나의 흐름도 변했다.

사실상 정체되어 있던 농후한 마나의 덩어리들이 이젠 그야말로 본격적으로 내 몸을 향해 흡수되기 시작한다.

'더 빨라졌다.'

나는 즉시 열 자루의 고스트 소드를 만들어 머리 위로 쏘아 올렸다.

콰과과과과과과과과과과과과광!

'이대로라면 시간문제다. 결국 동굴이 무너질 거야.'

등줄기가 오싹해졌다. 그리고 그 와중에도 소모된 오러가 믿을 수 없을 정도로 빠르게 차오르기 시작했다.

오러: 117(669)

'화력을 내지 않고 오러를 소모할 방법이 없을까?'

물론 많이 있다. 나는 즉시 배낭처럼 메고 있던 유체 금속을 네 자루의 검으로 분해했다.

파직!

네 자루 모두 100의 오러가 충전되어 있다. 나는 남은 오러 전체를 한 자루의 유체 금속 검에 부어 넣었다.

'끝없이 들어가는군.'

오러는 쉴 새 없이 금속의 내부를 충전했다. 나는 회복되는 오러를 실시간으로 계속해서 부어 넣었고, 결국 어느 시점에서 오러의 흐름이 막히는 것을 느꼈다.

약 350이다.

"휴……."

나는 길게 한숨을 내쉬었다. 이걸로 한동안은 걱정 없이 오러를 소모할 수 있을 것이다.

* * *

약 20분.

그것이 남은 세 자루의 유체 금속 검을 오러로 꽉 채우고, 평소에 사용하지 않던 다른 세 자루까지 시공간의 주머니에서 꺼내 가득 충전시킬 때까지 걸린 시간이다.

나는 풀 충전된 일곱 자루의 유체 금속 검에 오러 소드를 발동시키며 생각했다.

'내가 이 구덩이를 얕봤군.'

내가 빠르게 오러를 소모할수록, 내 몸은 더욱 빠르게 주변의 마나를 흡수해 엄청난 속도로 오러를 회복시켰다.

어쩌면 구덩이가 아니라 오러에 대한 내 적성을 얕봤을지도 모른다. 나는 호흡을 의식적으로 늦추며 새로운 수단을 고민했다.

'오러는 화력을 내지 않으면 소모가 느리다. 그렇다면 마법은?'

마력: 403(403)

가장 간단한 것은 물의 정령왕인 아쿠렘의 힘을 사용하는 것이다.

'워터 드래곤은 너무 거대하니… 일단 작은 것들을 소환하자.'

나는 즉시 아쿠렘의 '검'을 사용해 마력을 소모했다.

촤륵!

동시에 구덩이 내부에 엄청난 속도로 물방울이 집결하기 시작했다.

생성된 물은 양손에 검을 쥔 인간의 형태로 뭉쳤다.

키가 2미터쯤 되는, 몸도 물이고 입고 있는 갑옷도 물이고 쥐고 있는 칼도 물인 검사(劍士).

그렇게 만들어진 네 명의 검사가 사방에서 날 내려다보며 물었다.

—난 지금부터 무엇을 하면 되나?

"그냥 벽에 붙어서 아무것도 하지 마."

—알겠다.

네 명의 검사는 즉시 벽에 등을 붙이며 침묵했다. 나는 반대편 벽에 등을 기대며 스스로를 스캐닝했다.

마력: 203(403)

한 명당 50씩이니, 정확히 200의 마력이 소모됐다.

하지만 그걸로 끝이다. 소모된 마력은 아무리 기다려도 회복될 기미를 보이지 않았다.

'뭐지? 왜 마력은 회복이 안 되는 거야?'

이유는 잠시 후에 알게 됐다. 마력은 먼저 소모되었던 오러가 꽉 채워진 다음부터 회복되기 시작했다.

마력: 204(403)

매우 천천히.

나는 코피를 쏟으며 그 자리에 무릎을 꿇었다.

뭔가 잘못됐다.

엄청난 속도로 회복되던 오러와는 달리, 마력은 그 정도로 빠르게 회복되지 않았다.

아니면 내가 오러를 계속 빠르게 소모함으로써, 더욱 빠르게 흡수되는 마나의 양을 그저 감당하지 못하는 것일지도 모른다.

어쨌든 내 육체엔 독처럼 변질된 과도한 마나가 빠른 속도로 쌓이기 시작했다. 나는 급하게 고스트 소드를 만들어 구덩이 위쪽으로 쏘아 던졌다.

콰과과과과과과과과과과과과과과광!

또다시 구덩이가 맹렬하게 울렸다. 나는 부들거리는 손으로 코피를 닦으며 한숨을 내쉬었다.

"마법으론 안 되는 건가?"

어쩌면 순서가 잘못된 것일지도 모른다. 처음부터 오러가 아닌 마력을 소모했다면, 흡수되는 마나의 양을 조절하며 어떻게든 적응했을 가능성도 있다.

문제는 여기까지 와서는 이미 돌이킬 수가 없다는 것이다.

내가 이 구덩이에 들어온 지도 얼추 30분이 지났다. 죽어서 5분 전으로 다섯 번을 돌아온다고 해도, 처음으로 고스트 소드를 날렸던 순간으로 돌아갈 수는 없다.

물론 모든 걸 포기하고 그냥 밖으로 나가는 방법도 있다. 풍혈의 폭풍 같은 바람이 아무리 강하게 불어친다 해도, 정말

나가고자 마음먹으면 나갈 수 있는 방법이 수십 가지는 떠올랐다.

예를 들면 아예 구덩이의 한쪽 면을 계단 모양으로 깎아버린다든가…….

'잠깐, 계단 모양으로 깎는다고?'

그러자 다른 아이디어가 떠올랐다. 나는 주변에 떠 있는 일곱 자루의 유체 금속 검에 의식을 연결하며 새로운 작업에 착수했다.

* * *

구덩이는 폭이 10미터쯤 되는 원형의 공간이다.

나는 그 내부를 넓히기 시작했다. 오러 소드를 발동시킨 유체 금속 검을 섬세하게 조작해, 돌벽을 조금씩 '도려내는' 작업을 반복했다.

단순한 파괴가 아니다. 오러 소드의 강력한 절삭력을 활용해 천천히 돌덩어리를 잘라낸다.

천천히.

파지지지지지지직!

천천히.

파지지지지직!

매우 천천히.

파지지지지지지지지지지직!

덕분에 오러 소드를 유지하기 위해서 대량의 오러가 빠르게 소모되었다. 오러 소드는 가장 기본이 되는 오러 스킬이지만, 이런 식으로 극히 비효율적으로 소모해 버리면 엄청난 오러가 소모되는 세심한 기술이기도 했다.

나는 머리로는 유체 금속 검을 컨트롤하고, 몸으로는 도려낸 돌덩어리를 구덩이 위로 집어 던졌다.

중간중간 한 자루씩 불러들여 소모된 오러를 충전시키고, 다시 작업에 투입하는 일의 무한한 반복이었다.

덕분에 구덩이의 내부는 마치 호리병 모양으로 넓어지기 시작했다.

하지만 이것도 영원히 계속할 수는 없었다. 아무리 조심한다 해도 바위 조각과 분진이 발생해 공기가 탁해졌고, 결국 어느 시점에선 작업을 멈추고 먼지가 가라앉을 때까지 기다려야 했다.

'진짜 웃기겠군. 소드 마스터가 먼지 때문에 숨을 못 쉬어서 죽는다면…….'

물론 마음만 먹으면 10분 이상 숨을 참을 수도 있다.

하지만 숨을 참는 것과 아예 숨을 계속 안 쉬는 것은 차원이 다른 문제다. 나는 가만히 서서 5분 정도 숨을 참으며 먼지가 가라앉기를 기다렸다.

하지만 호흡이 문제가 아니었다. 고작 5분 동안 일손을 놓은 것만으로도 소모된 오러가 순식간에 차오르기 시작했다.

'죽겠구만…….'

나는 어쩔 수 없이 구덩이 밖으로 고스트 소드를 쏘아 날렸다.

콰과과과과과과과과과광!

그러자 재앙이 시작됐다.

겨우 가라앉으려던 먼지가 다시 휘날리는 건 물론, 폭발의 충격으로 새롭게 엄청난 양의 분진이 발생하며 모든 것이 뿌옇게 변했다.

'미치겠군.'

이건 더 이상 기다린다고 해결이 될 문제가 아니었다.

먼지가 어찌나 지독한지, 일곱 자루의 유체 금속 검에서 뿜어져 나오는 오러의 빛조차 가려 버렸다.

'차라리 노바로스의 파도라도 써버릴까?'

그 강렬한 화염 마법이라면, 이곳에 꽉 찬 모든 먼지를 싹 태워 버릴 것이다.

문제는 그렇게 타버린 먼지도 먼지라는 사실엔 변함이 없다는 점이다. 나는 발상의 수준이 점점 떨어지고 있다는 걸 깨달으며 양손으로 얼굴을 감쌌다.

'멍청해지는 기분이군. 숨을 오래 참아서 그런가?'

더욱이 이곳이 반쯤 밀폐된 장소라는 것을 감안해야 한다. 노바로스의 파도를 사용한 순간, 구덩이 위쪽에서 폭풍 같은 바람이 내부로 쏟아지며 재로 변한 먼지들을 더욱 화려하게 뒤집어놓을 것이다.

방법이 없었다.

숨을 참고 있는 탓에 한숨조차 내쉴 수가 없었다.

'라르손과 마울라마는 대체 이런 곳에서 어떻게 하루 동안 생존할 수 있던 거지?'

물론 내 스스로 일을 더 크게 벌린 감이 있다. 하지만 그것을 감안한다 해도, 여기서 하루를 버틴 두 지구인의 성과가 대단하다는 것을 인정하지 않을 수 없었다.

'결국 여기서 오래 버티는 방법은 수련을 통한 성장뿐인가? 라르손과 마울라마는 분명 여기서 엄청난 양의 오러를 쌓았을 거다. 그게 가능했기에 버틸 수도 있었겠지.'

아무래도 오러의 최대치가 성장한다는 것은, 단순히 소모된 오러가 회복되는 것과는 비교할 수 없을 정도의 마나를 소모하는 것 같다.

어쨌든 열흘은 고사하고 세 시간을 버티는 것도 한계다.

정신력: 38(99)

그사이 정신력도 많이 떨어졌다. 나는 무심결에 시공간의 주머니 속에 손을 집어넣고 벌꿀의 이름을 중얼거렸다.

"에오라스의 벌꿀……."

그런데 뭔가 이상했다.

물론 손에 쥐어진 벌꿀이 이상하다는 것은 아니다.

이렇게 빛이 가려질 정도로 먼지로 가득한 공간에서 입을 열었는데도, 입안에 느껴지는 것이 아무것도 없었다.

한마디로 말하면, 입안이 텁텁하질 않다.

그것은 기묘한 감각이었다. 공기 중에 꽉 찬 먼지가 내 입속으론 전혀 들어오지 않았다.

'그러고 보니 실제로 숨을 들이켠 적은 없었지?'

나는 시험 삼아 조금씩 숨을 들이켰다. 그러자 숨 쉬는 것도 마찬가지였다. 코에 이물감이 느껴지거나, 목이 텁텁하고 갑갑한 느낌이 전혀 없었다.

그냥 평범하게 숨을 쉴 수 있었다.

제아무리 소드 마스터라 해도 이것은 이상한 일이다. 나는 꺼낸 꿀은 물론, 두 병을 더 꺼내 마신 다음 긴 한숨을 내쉬었다.

"후우……."

그제야 겨우 정신이 드는 것 같았다. 나는 다시 주머니에 손을 넣은 다음, 꽤 오랫동안 잊고 있던 신의 성물을 외쳤다.

"우주의 돌."

그러자 거대한 덩어리의 일부가 내 손에 잡혔다. 나는 수정처럼 반짝이는 그 돌을 바라보며 스캐닝을 했다.

이름: 우주의 돌

종류: 성물

특수 효과: 소유자를 생명 활동이 불가능한 공간에서 생존하게 해준다. 지식의 팔지, 광속의 정수, 각인의 권능, 회귀의 반지와 함께 레비그라스 차원의 다섯 신의 성물 중 하나

* * *

나는 계속해서 구덩이의 내부를 넓혔다.

'혹시 스케라 구덩이에 빠져서도 생존할 수 있던 것도 이 성물 때문이었을까?'

이제 와선 확인할 방법도 없고, 딱히 확인하고 싶지도 않다.

어쨌든 내가 지금 서 있는 이곳이 '생명 활동이 불가능한 공간'이라는 것은 확실하다.

'어쩌면 마나의 농도가 너무 높은 공간도 생명 활동이 불가능한 공간으로 취급하는 건 아닐까?'

그것을 확인하기 위해서는 오러를 소모하지 않고 끝까지 가 보는 수밖에 없다.

하지만 마력을 테스트하는 과정에서 코피를 쏟으며 엄청난 충격을 느꼈던 것을 기억하면, 굳이 실험해 볼 생각은 들지 않았다.

그보다는 지금 내가 하는 작업을 언제까지 지속할 수 있는지가 더 문제다.

구덩이의 폭은 이미 50미터를 넘어섰다.

사방으로 뿌려놓은 유체 금속 검의 세밀한 컨트롤이 점점 힘들어지고 있었다. 덕분에 최대한 도넛 모양으로 동그랗게 깎으려던 구상이 점차 어그러지고 있었다.

줄어드는 스케라도 문제였다. 컨트롤 자체에는 스케라의 소모가 거의 없지만, 그것도 몇 시간째 반복되다 보니 무시할 수 없는 수준까지 떨어졌다.

스케라: 143(311)

레비그라스에서는 스케라를 빠르게 회복할 수단이 없다.

물론 변환의 반지에 대량의 스케라가 충전되어 있지만, 그것으로 회복시킬 수 있는 것은 스케라가 아닌 다른 종류의 특수 스텟이다.

결국 앞으로 서너 시간이 한계였다. 나는 작업 중인 유체 금속 검을 전부 회수한 다음, 오러를 충전하며 생각했다.

'기왕 이렇게 된 거… 좀 더 화끈하게 오러를 소모하는 것도 괜찮지 않을까?'

만약 동굴이 무너진다고 해도 '물리적'으로 깔려 죽을 일은 없다.

걱정한 것은 숨을 쉴 수 없게 되어 죽는 것이다. 하지만 우주의 돌의 능력을 알게 된 이상, 적어도 질식사하는 것을 두려워할 필요는 없게 됐다.

'회귀의 반지만 특별하다고 생각했는데… 다른 성물들도 만만치 않군.'

나는 고개를 끄덕이며 오러 브레이크를 사용했다.

콰과과과과과과과과과광!

순간 분출된 오러가 사방으로 퍼지며 맹렬한 폭발을 일으켰다.

하지만 대규모 공사로 공간을 넓혀놓은 덕분에, 폭발과 충격이 일차적으로 동굴의 벽에 닿는 일은 없었다.

물론 땅이 울리고 공기가 울린다. 덕분에 먼지가 더욱 심하게 휘몰아치며 주변에 있는 모든 것을 삼켰다.

'그래봤자 나를 제외하면 아무것도 없다. 이걸로 계속 오러를 소모하면 되겠군.'

오러 브레이크는 소모되는 오러의 양을 조절할 수 있다.

하지만 위력을 최대로 높여도 50에서 60이 한계였다. 나는 약 1분 간격으로 최대 위력의 오러 브레이크를 반복하며 빠르게 오러를 소모했다.

간격이 1분인 이유는 1분에 그 정도의 오러가 회복되기 때문이었다.

그렇게 얼마나 시간이 지났을까.

이제 내가 서 있는 공간은 정체불명의 요지경이 되었다.

손을 뻗어 움직이면 공기 중에 저항감이 느껴진다. 마나의 농도가 높아서가 아니라, 단순히 공기 중에 불순물이 너무 높았기 때문이다.

육체적으로, 그리고 정신적으로 엄청난 피로가 몰려왔다.

체력: 87(493)

오러는 끊임없이 회복된다 해도, 내가 소모한 체력까지 회복되는 것은 아니다.

물론 뱅가드를 떠나기 전에 특별한 효과를 가진 꿀도 대량으로 보급해 놓았고, 아예 체력만 회복시키는 포션도 100병 정도 비축되어 있다.

하지만 시간이 지날수록 먹어서 회복되는 체력의 수치가 점점 떨어진다. 결국 어느 시점에는 완전히 긴장을 풀고 휴식을 취해야 할 것이다.

하지만 그것은 불가능했다.

휴식은 물론이고 잠도 잘 수 없다. 오러를 전부 소모해 봤자 10분도 안 돼서 전부 회복되기 때문이다.

'옛날 생각나는군.'

문득 전생의 기억이 떠올랐다.

인류가 이미 멸망의 길로 접어들던 시절, 극한의 상황에서 정말로 10분 동안 자고 10분 동안 깨어 있는 상황을 반복했던 경험이 있다.

'그때는 박 소위와 규호를 정찰 보내놓은 상태였지. 스텔라가 갑자기 사라져서…….'

마지막 3년 동안은 정말 수많은 사건 사고가 있었다. 나는 갑자기 정신이 번쩍 드는 것을 느끼며 입술을 깨물었다.

'그래, 이건 위기도 아니다. 한계는 멀었어. 그때처럼 절망적인 상황도 아니고. 충분히 버틸 수 있다.'

나는 연속적으로 오러 브레이크를 사용해 오러를 전부 소모했다.

콰과과과과과과광!

콰과과과과과과과광!

콰과과과과과과과과광!

그리고 그 자리에 주저앉았다. 이렇게 하면 10분은 무리라도, 최소한 5분은 잠들 수 있을 테니까.

* * *

그리고 얼마나 시간이 지났을까.

"망할……."

선잠에서 깨어난 나는 즉시 이를 갈며 연속으로 오러 브레이크를 사용했다.

이제는 정말 5분 만에 오러가 전부 회복된다. 무려 669나 되는 오러가 300초 안에 전부 회복되는 것이다.

나는 기계적으로 작업을 반복했다. 오러를 전부 소모하고, 재빨리 다섯 병의 꿀병을 꺼내 마시고, 미리 꺼내놓은 전투식량도 먹고, 물도 한 병 마신 다음 천천히 걸음을 옮겼다.

원래는 이게 아니다.

마지막에 걷는 게 아니라, 다시 자리에 누워 잠들어야 한다.

하지만 나는 움직여야 했다.

먼지는 더 이상 먼지가 아니었다. 끊임없는 폭발 속에서 짙은 농도의 마나와 결합이라도 일으켰는지, 이제는 마치 묽은 젤리처럼 약간의 탄성마저 가지게 되었다.

이제는 걸음을 옮기면 정말로 물속에서 걷는 기분이었다.

"바닥이 쑥 파였군……."

나는 피식 웃었다. 한 장소에서 어찌나 많이 오러 브레이크를 사용했는지, 내가 서 있는 주위의 지면이 50㎝ 정도의 깊이로 깎여 나간 상태다.

이대로 가면 어디까지 파고들지 몰라서 장소를 옮겼다. 그렇게 20미터 정도 옆으로 옮긴 다음, 바닥에 주저앉았다.

눈에 보이는 것은 아무것도 없었다.

더 이상 내가 있는 곳이 어디인지도 모르겠다.

물론 이곳은 풍혈의 근원이라는 구덩이 속이다.

나는 바람의 정령왕인 쿨로다와 계약을 하고 이곳에 들어왔다. 여기서 열흘을 버티면 동굴 안의 다른 장소에 있는 지구인들을 털끝 하나 다치게 하지 않고 구해낼 수 있다.

하지만 뭔가 다르다. 나는 내가 서 있는 곳이 처음의 그 구덩이 속이라는 것을 도저히 믿을 수가 없었다.

대체 여긴 어딜까?

난 이곳의 공기를 대체 어떤 존재로 바꿔 버린 걸까?

그리고 난 어째서 같은 오러 스킬을 끊임없이 반복하는 걸까?

"오러 브레이크를 대체 몇 번을 사용한 거지……."

나는 주저앉은 채로 중얼거렸다.

시간은 대충 사흘 정도 지난 것 같다.

하지만 그것도 확실하지 않다. 어쩌면 사실 하루밖에 지나지 않은지도 모르고, 어쩌면 열흘을 거의 다 채웠을지도 모른다.

나는 숨을 크게 들이마셨다.

순간 몸속이 새까맣게 변하는 듯한 기분이 들었다.

실제로 오염된 물질이 폐 속으로 들어온 건 아니다. 우주의 돌이 있으니까.

하지만 숨을 쉬면 쉴수록, 몸 안이 점점 검게 변하는 듯한 착각이 느껴졌다.

"왜 이러지……."

나는 오러가 거의 꽉 차가는 느낌을 받으며 몸을 일으켰다.

스캐닝을 안 한 지도 한참 됐다.

이제는 더 이상 오러나 정신력, 체력의 스텟을 확인할 필요가 없다. 끝도 없이 같은 작업을 반복하다 보니, 이젠 자연스럽게 내 몸이 어떤 상황인지 파악할 수 있다.

하지만 이 느낌은 뭔가 다르다.

혹시 정신력이 떨어질 데까지 떨어진 게 아닐까?

포션이나 꿀을 마셔도 회복되지 않을 정도로?

'그런 건 아닌 것 같지만…….'

나는 한숨을 내쉬며 스스로를 스캐닝했다.

정신력도, 체력도, 아직은 아슬아슬한 선을 유지하고 있었다.

문제는 그 아래 표시된 특수 스텟이었다.

오러: 615(673)

올랐다.

분명 669였는데, 최대치가 4나 높아졌다.

'어째서?'

나는 망연자실한 채 스텟창을 바라보았다.

딱히 수련은 하지 않았다.

그렇다고 실전을 치른 것도 아니고, 몬스터를 쓰러뜨리지도 않았다.

애당초 내 오러 스텟은 이미 한계였다.

지구는 물론, 오비탈과 레비그라스를 돌며 그렇게 많은 전투를 치르고 이겼는데도 오러가 거의 오르지 않았다.

'아마도 670을 딱 채우면 끝이라고 생각했는데… 그게 아니었나?'

어쨌든 좋은 소식임엔 틀림없다. 나는 어느새 꽉 찬 오러를 아홉 번의 오러 브레이크로 전부 날려 버리며 스텟창을 주시했다.

오러: 4(673)

안 올랐다.

'그럼 대체 뭐지? 뭐가 내 오러를 성장시키고 있는 거지?'

나는 숨을 들이켰다. 그러자 또다시 몸속이 새까맣게 변하는 듯한 착각이 느껴졌다.

처음에는 착각만으로도 기분이 나빴다.

보통 검은색은 부정적인 이미지다. 특히 내게는 우주 괴수가 내뿜는 검은 기운으로 캄캄해진 전생의 지구를 떠오르게 만들었다.

하지만 실제로 몸이 나빠진 건 아니었다. 나는 다시 한번 깊이 숨을 들이켜며, 내 몸속이 더욱 짙은 검은색으로 물드는 것을 실감했다.

오러: 29(674)

올랐다.

그와 동시에 나는 새까맣게 변한 것이 무언인지 자각했다.

그릇이다.

오러의 그릇.

오러를 받아들이기 위해 몸속에 구축해 놓은 오러의 그릇이 점점 검은색으로 물들고 있었다.

'왜 검은색이지?'

도무지 이해할 수 없었다. 하지만 그것이 점점 더 검게 변할수록, 오러의 최대치가 조금씩 성장하는 것도 사실이었다.

순간, 나는 강렬한 충격을 느끼며 한쪽 무릎을 꿇었다.

"이건……."

레벨이 올랐다.

물론 최근에 스케라를 통해 다수의 레벨을 높였지만, 그때와는 차원이 다른 강렬한 충격이다.

'스케라를 통한 레벨 업은 스텟이 별로 오르지 않았다. 역시 오러를 통한 레벨 업은 차원이 다르군.'

나는 심호흡을 하며 다시 몸을 일으켰다.

그리고 알게 됐다. 지금 나는 몸 전체가 검게 물들어가고 있다는 사실을.

나쁜 상황은 아니다.

단지 내 몸의 거의 모든 부분이 오러의 그릇으로 바뀌고 있을 뿐.

나는 물속을 허우적거리는 것처럼 사방으로 팔을 휘저었다. 그러자 응축된 마나의 덩어리들이 내 몸의 윤곽을 따라 빠르게 흡수되는 것이 느껴졌다.

아니, 이건 정말 마나의 덩어리일까?

아니면 내가 만들어낸 정체불명의 먼지 덩어리일까?

하지만 고통스럽진 않았다. 나는 그거면 충분하다고 생각하며, 계속해서 쌓인 오러를 소모하고, 소모하고, 또 소모했다.

이제는 중간에 쪽잠을 잘 필요도 없었다.

• 107장 •
그랜드

문득 머릿속에 목소리가 들렸다.

—그만 됐으니 밖으로 나와라.

바람의 정령왕의 목소리였다. 나는 약간의 귀찮음을 느끼며 건성으로 되물었다.

"벌써 열흘이 지났습니까?"

—그렇지 않다. 6일이 조금 지났다.

"그런데요?"

나는 천천히 눈을 뜨며 주위를 살폈다.

보이는 건 아무것도 없다. 다만 전에 비해 머리가 무척 산뜻해진 기분이다.

'전에 비해? 어느 전에 비해서 말이지?'

—상황을 판단하는 건 이쪽으로 돌아와서 해도 늦지 않다. 우선 올라와라. 풍혈이 멈췄으니까.

아무래도 무아지경에 빠진 사이에 대량의 마나를 소모시킨 모양이다. 나는 숙면을 취한 듯한 개운함과 함께 양팔을 펼치고 기지개를 켰다.

그런데 팔이 잘 안 움직인다.

저항감이 대단하다. 마치 굳기 전의 콘크리트 풀에 빠진 것처럼 사방이 무겁고 찐득했다.

'여기엔 분명 먼지밖에 없었을 텐데… 이젠 완전 늪이 되어버렸군.'

나는 코웃음을 치며 오러 윙을 전개했다.

파직!

그러자 늪 속에서 위로 상승할 추진력이 생겼다. 물론 다른 방식도 있겠지만, 지금은 가급적 힘을 쓰지 않고 몸만 쏙 빠져나오고 싶다.

천천히.

30미터를 상승하는 데 2분 정도의 시간이 걸렸다. 나는 구덩이의 입구 위로 얼굴을 내민 다음 숨을 토해냈다.

"푸하……."

구덩이 밖은 여전히 캄캄했다.

물론 구덩이 속에 비할 바는 아니다. 입구 반대편의 벽이 엄청나게 박살 나 있는 것을 제외하면, 처음 들어왔을 때와 차이점은 없었다.

'아니, 아주 큰 차이점이 있지.'

나는 입구 쪽을 돌아보며 생각했다.

바람이 멈췄다.

소드 마스터조차 방심할 수 없던 맹렬한 질풍이 사라졌다. 나는 다시 한숨을 내쉬며 내가 빠져나온 구덩이 속을 바라보았다.

새까맣다.

마치 간장으로 꽉 차 있는 거대한 장독을 들여다보는 것 같았다. 나는 좀 더 자세히 보기 위해 손바닥 위에 마법으로 불을 만들었다.

그 순간, 온 세상이 붉은색으로 뒤덮였다.

* * *

폭발이었다.

마치 눈앞에서 핵폭탄이 터진 것 같은 느낌이었다. 순간적으로 오러를 발동시키고 노바로스의 방벽까지 전개했지만, 너무도 엄청난 위력에 삽시간에 의식이 사라졌다.

"……"

다시 눈을 떴을 때, 나는 처음으로 바람의 정령왕을 만났던 그 교차로에 쓰러져 있었다.

—괜찮은가?

쿨로다는 묘한 표정으로 날 내려다보고 있었다. 나는 고개를 끄덕이며 천천히 몸을 일으켰다.

"다친 곳은 없는 것 같습니다. 잠시 정신을 잃은 모양이군요."

—여기까지 튕겨 날아온 다음에 1분 정도 기절해 있었다. 역시 튼튼하구나. 살아 있는 게 신기할 지경이다.

"확실히… 엄청난 폭발이었죠."

—엄청난 정도가 아니다. 내가 힘을 쓰지 않았다면 동굴 전체가 무너졌을 것이다.

정령왕은 춤을 추는 것처럼 손을 파닥거리며 말을 이었다.

—너는 풍혈의 근원에 가득 차 있던 마나를 다른 형태로 변질시켰다.

"네?"

—마나는 생물이나 정령이 몸 안에 받아들이기 전에는 힘의 근원이 되지 못한다. 그런데 지금 구덩이 속에는 외부의 힘에 반응하는 정체불명의 힘이 가득 차 있다. 네가 일으킨 작

은 불씨에 반응해서 대폭발을 일으킨 것이다.

말하자면 스스로 만든 화약고 앞에서 불장난을 친 것이다. 나는 너덜거리는 외투를 벗은 다음, 품에 있던 시공간의 주머니를 꺼내 허리춤에 다시 집어넣었다.

"덕분에 옷이 엉망이 됐군요. 이만하길 다행입니다. 그럼 방금 전의 폭발로 화약이 전부 소진된 겁니까?"

—그럴 리가.

쿨로다는 코웃음을 쳤다.

—윗부분에 있던 아주 약간의 '화약'이 반응했을 뿐이다. 아주 약간만.

그녀는 내가 생각한 화약의 개념을 금방 받아들였다. 그러고는 한숨을 쉬는 듯한 자세를 취하며 풍혈의 근원이 있는 통로를 가리켰다.

—풍혈은 끊임없이 마나를 일으킨다. 행성의 중심부에서부터 나오는 힘이지. 그런데 네가 만든 화약은 마나를 현실의 형태로 고정시켰다. 덕분에 지금도 대량의 마나가 화약 속으로 축적되고 있다. 꾸준히.

"뭔가 잘못된 겁니까?"

—나도 모르겠다.

쿨로다는 한쪽 어깨를 으쓱였다.

—내가 기대한 것은 그저 잠시라도 풍혈의 바람을 멈추게 하는 것뿐이었다. 몇 년, 아니, 며칠이라도. 너라면 충분히 가

능할 거라고 생각했다.

"그런데요?"

—그런데 이젠 풍혈에서 언제 다시 바람이 불어올지 짐작조차 할 수 없다.

"그럼 어떤 문제가 생깁니까?"

—바람의 계곡이 그냥 계곡이 되겠지.

쿨로다는 가볍게 웃었다.

—그리고 레비그라스 전역에 퍼지는 마나의 농도가 약간 줄어들 것이다. 큰 영향은 아니다. 세상엔 아직 네 개의 근원이 존재하니까.

"불과 물, 냉기와 땅 말입니까?"

—그래. 다른 말로 정령계라고도 하지.

쿨로다는 다시 내 쪽을 돌아봤다. 그리고 천천히 내 몸을 살피기 시작했다.

—너는 계약을 충실히 이행했다. 어쨌든 말이지. 하지만 두렵구나. 너는 그곳에서 대체 어떤 힘을 얻은 것이냐?

"어떤 힘이라니……."

나는 양 손바닥을 잠시 살핀 다음 오러를 일으켰다.

"그저 오러가 좀 더 쌓였을 뿐입니다."

그런데 그게 아니었다.

내 몸을 감싼 오러는 더 이상 소드 마스터의 오러인 보라색이 아니었다.

까맣다.

칠흑처럼 새까만 흐름과 투명하고 약간 거무스름한 빛이 투톤으로 섞여서 내 몸을 휘감고 있었다.

그것은 전생과 현생을 통틀어 처음 보는 오러의 색과 형태였다.

쿨로다는 인상적이라는 얼굴로 고개를 저었다.

—나는 레비그라스의 인류가 처음으로 오러와 마력을 손에 넣었던 순간부터 지켜보았다. 하지만 그런 건 처음 본다. 힘의 파장이 매우 짧고 강력하다. 극한에 닿아 더 이상 나아갈 방도가 없을 정도다.

아무래도 정령왕의 눈은 겉으로 보이는 색과 형태 이상의 것을 감지하고 있는 듯했다. 나는 가볍게 헛기침을 한 다음 스스로를 스캐닝했다.

이름: 레너드 조

레벨: 61

종족: 지구인. 초월자. 정령왕의 화신

기본 능력

근력: 611(558)

체력: 214(556)

내구력: 207(403)

정신력: 43(99)
항마력: 319(732)

특수 능력
오러: 627(804)
마력: 214(405)
신성: 0
저주: 44(44)
스케라: 112(311)

오러가 800을 돌파했다.

오러를 발동했는데도 기본 능력이 낮은 것은 그동안 구덩이 속에서 고생이 심했고, 마지막에 폭발에 휘말린 후유증일 것이다.

하지만 실제는 달랐다. 나는 그 어느 때보다 강했고, 스텟으로는 알 수 없는 특별한 고양감을 느끼고 있었다.

보인다.

힘의 흐름이 점점 보이기 시작한다. 마나를 근원으로 하는 모든 힘의 크기와 흐름이.

심지어 어느 방향으로 움직이려 하는지조차 미리 예측할 수 있을 정도였다.

—인간인데 그것이 보인단 말인가?

쿨로다는 마음속으로 혀를 차는 소리를 냈다. 나는 눈에 보이는 투명한 바람의 덩어리 대신, 그녀의 실체를 형성하고 있는 거대한 마력과 마나의 흐름을 읽으며 고개를 끄덕였다.

"네, 확실히 보입니다."

—마치 우리들 같구나. 인간의 몸으로 정령왕과 같은 경지라니… 이런 긴 시간의 흐름 속에는 너와 같은 특별한 인간도 태어나는 모양이다.

그러고는 흡족한 듯 웃었다.

아무래도 그녀는 반쯤 일부러 나를 구덩이 속에 밀어 넣은 모양이다.

진짜 목적은 모르지만, 어쨌든 내가 더 강력한 힘을 얻기를 바라면서.

—내 목적은 그리 복잡하지 않다.

그녀는 내 마음을 읽으며 웃었다.

—문주한. 정령왕의 화신이자 초월자이며, 내 계약자를 죽인 살인자이자 동시에 신살자(神殺者)이기도 한, 거기에 차원을 넘나드는 존재에게 달리 무엇을 바라겠나?

그녀는 빙긋 웃으며 주먹을 움켜쥐었다.

—그저 하고 싶은 것을 해라. 그거면 충분하다.

그 순간, 내 오른 손바닥에 가벼운 바람이 스치고 지나갔다.

그곳엔 어느새 바람의 문장이 새겨져 있었다. 쿨로다는 미안한 듯 웃으며 한 발 물러났다.

—가이린에게 미안하구나. 그 아이가 먼저 찍어놓은 곳에 내가 자국을 남기고 말았다.

"…나중에 가서 사과해야겠군요."

나는 쓴웃음을 지으며 주먹을 움켜쥐었다.

바람의 정령왕인 쿨로다의 힘.

하지만 지금은 그것보다 오히려 검은색으로 변한 나의 오러가 더 궁금했다.

이것은 대체 어떤 경지일까?

단지 오러가 늘어나고, 오러의 발동을 통한 기본 능력치의 상승 폭이 조금 더 올라갔을 뿐일까?

—서운하구나. 기껏 내 화신으로 만들어주었건만. 필요 없으면 도로 가져가도 되겠느냐?

쿨로다는 못마땅한 표정을 지으며 한쪽 팔을 뻗었다. 나는 반사적으로 몸을 피하며 고개를 저었다.

"그럴 리가요. 아닙니다. 단지 기분이 좀 묘한 것 같아서……."

—걱정 마라. 농담이니까.

쿨로다는 내민 팔을 거두며 웃었다.

—천천히 확인해 보아라. 자신이 어떤 힘을 얻게 되었는지. 그보다 아직 할 일이 남지 않았나? 저 통로 너머에?

쿨로다가 가리킨 통로는 레비의 신관들과 지구인들이 숨어 있는 바로 그곳이었다.

"아……."

나는 그제야 처음 이곳에 왔던 목적을 떠올리며 맵온을 발동시켰다.

"물론입니다. 여전히 다들… 그 자리에 그대로 있군요."

―그들은 새로운 명령이 올 때까지 자신의 장소를 지킬 것이다. 하지만 명령을 내릴 수 있는 자는 이미 죽어버렸다. 굳이 네가 죽이지 않더라도 결국 언젠가는 그곳에서 굶어 죽게 될 것이다.

"그렇게 둘 수는 없습니다."

물론 신관들이야 굶어 죽든 불에 타 죽든 내 알 바 아니다.

하지만 세뇌당한 지구인들에겐 아무 죄도 없다. 쿨로다는 자신의 몸 주위에 마력을 일으키며 내게 물었다.

―알겠다. 그럼 약속대로 기압을 조절해서 모두를 기절시키도록 하지. 고막 정도는 터지겠지만 상관없겠지?

"네? 고막요?"

―그들은 평범한 인간이 아니다. 가볍게 하면 견뎌낸다. 어쩌면 뇌에 손상이 갈지도 모르겠군. 물론 죽는 것보단 나을 것이다.

"아니… 그럼 잠시만 기다려 주십시오."

나는 잠시 생각하다 고개를 저었다.

"꼭 그럴 필요는 없을 것 같습니다. 그냥 지원 없이 들어가겠습니다.

—괜찮겠나? 지구인들이 다치거나 죽을지도 모르는데?

"물론 그럴 가능성이 없진 않습니다만……."

나는 노바로스의 강화를 추가로 발동시키며 고개를 저었다.

"아마도 지구인 모두를 털끝 하나 건드리지 않고 구할 수 있을 것 같습니다. 물론 고막도 터뜨리지 않고 말이죠."

*　　　*　　　*

처음에는 새로 얻은 각인 능력을 활용할까 하는 생각도 있었다.

이제는 '차원의 문'을 만들 수 있기 때문에 대량의 인간을 차원의 문의 반대편으로 보낼 수 있다.

문제는 내가 그 힘을 한 번도 사용해 본 적이 없다는 것이고, 설사 성공한다 해도 어차피 세뇌를 당한 지구인들이 곱게 차원의 문으로 들어가 줄 리가 없다는 것이다.

물론 이런 고민들은 바람의 계곡에 도착하기 전에 벌어진 일이다. 지금의 나는 사실상 완전히 새롭게 태어난 기분으로 작전에 임할 수 있었다.

그냥 돌입하면 된다.

그래서 그냥 통로를 지나, 신관들이 숨어 있는 마지막 비밀 거처로 진입했다.

그곳은 신전의 내부를 연상시키는 거대한 공간이었다.

물론 처음엔 평범한 동굴 안의 공동(空洞)이었을 것이다. 그것을 레비의 신관들이 수십 년에 걸쳐 신전처럼 꾸며놓은 것이리라.

그곳에 사람들이 있었다.

삼삼오오 모여 있기도 하고, 혼자 따로 떨어져 기도를 올리고 있기도 하고, 집단으로 모여서 눈을 감고 있기도 하다.

몇 명은 오러를 발동시킨 채 기묘한 자세로 수련을 하고 있고, 몇 명은 방어 마법을 전개한 마법사에게 검을 내려치고 있었다.

그리고 모두가 똑같은 신관복을 입고 있다.

겉으로는 누가 진짜 신관이고 지구인인지 구분할 수가 없었다.

물론 빠르게 모두를 스캐닝하면 알 수 있을 것이다. 하지만 내가 가진 스캐닝은 하루에 열 번이 한계였다.

"……."

그때, 청색의 오러를 발동시켜 놓은 남자가 내 쪽을 돌아보았다.

'이자는 지구인이다.'

스캐닝을 할 필요도 없었다. 남자의 몸에 흡수되는 마나의 흐름과 패턴만 봐도, 그가 레비그라스인이 아니라는 것을 확신할 수 있었다.

빠르다.

지구인은 마나를 빠르게 흡수하고, 빠르게 자신의 힘으로 전환했다.

그때 남자가 소리쳤다.

"나는 레비그라스에서 온 싸샤다! 지금부터 빛의 신의 뜻에 따라 지구의 인류를 절멸시키겠다!"

참으로 장소와 어울리지 않는 발언이다.

하지만 그의 잘못은 아니다. 단지 적을 발견하면 그런 말을 하도록 세뇌되어 있을 뿐.

싸샤는 전력으로 몸을 날렸다.

동시에 신전에 있던 60여 명의 인간들이 동시에 움직였다.

그리고 그것만으로 나는 모든 것을 파악했다.

이곳에는 총 21명의 지구인과 42명의 레비그라스인이 섞여 있었다.

'지구인의 숫자가 의외로 많군.'

하지만 그것도 금방 파악이 됐다. 21명 중에 9명은 오러나 마력이 강력했고, 12명은 아직 미약한 수준이다.

'레빈슨이 추가적으로 소환한 지구인의 일부를 이곳으로 보내놓았나 보군.'

아무래도 죽기 전까지 바쁘게 움직인 모양이다.

그때 싸샤의 검이 날아왔다.

파직!

나는 몸을 살짝 틀어 그것을 피한 다음, 좀 더 속도를 높여 신전 내부로 진입했다.

반격은 필요 없었다.

설사 이곳에 있는 모두가 동시에 덤빈다 해도 상관없다. 나는 연이어 육박해 오는 세 명의 지구인의 공격을 가볍게 스치듯 피하며 지나쳤다.

그리고 가장 가까운 곳에 있는 신관의 목을 움켜쥐었다.

"……!"

신관은 경악하고 있었다.

이자의 시점에서 보면, 뭔가가 눈에 보이지 않는 속도로 지구인 사이를 비집고 들어와 자신의 코앞에 나타난 것이리라.

"레빈슨은 죽었다."

한마디 하자 신관의 얼굴이 분노한 하회탈처럼 일그러졌다.

꽈득!

동시에 목을 부러뜨렸다.

그러자 방금 공격이 빗나갔던 지구인 한 명이 몸을 비틀며 쓰러졌다.

'이 녀석이 세뇌 신관이었나?'

그러고 보니 죽은 신관과 쓰러진 지구인 사이에 미세한 흐름 같은 것이 느껴졌다.

물론 이곳에 있는 신관들은 대부분 세뇌 신관이다. 내가 주목한 것은 '보다 강력한' 지구인들과 연결된 신관의 위치였다.

'일곱 명이 한자리에 몰려 있군.'

그래서 나는 그곳으로 몸을 날렸다.

콰과과과광!

동시에 내가 서 있던 자리에 지구인들의 공격이 쏟아졌다. 나는 그 모든 것을 한발 앞서 피하고, 중간에 어정쩡하게 서 있던 세 명의 신입 지구인들까지 안전한 곳으로 옮겨놓은 다음에야 문제의 신관들이 모여 있는 곳으로 뛰어들었다.

그 모든 일을 하고 왔는데도, 신관들은 내 움직임에 전혀 반응하지 못했다.

"레빈슨은 죽었다."

이번에도 그 한마디로 시작했다. 나는 신관들의 일그러지는 표정을 만끽하며 전원의 목을 맨손으로 부러뜨렸다.

칼을 뽑을 필요도 없었다.

"빛의 신을 위해!"

뒤늦게 반응한 지구인 한 명이 구호를 외치며 내 쪽으로 달려들었다.

내가 자신의 몸을 안아 들고 안전한 곳으로 옮겨놓았다는 것조차 인식하지 못한 듯했다.

'어차피 세뇌에 걸렸으니… 알았어도 여전히 공격했겠지만.'

나는 안타까운 기분과 함께, 지구인이 휘두른 칼을 맨손으로 받아냈다.

파지지지지직!

선명한 주황색의 오러 소드가 내 손바닥 안에서 불꽃처럼 넘실댔다.

물론 2단계 오러 유저일 뿐이다. 하지만 그의 몸이 반응하는 마나와 오러의 흐름을 볼 때, 분명 엄청난 속도로 성장해 강력한 존재가 될 것이다.

"당신은 금방 강해집니다. 소드 마스터까진 안 되지만 3단계 소드 익스퍼트까지는 순식간에 도착하겠죠."

지금은 그런 것까지 보였다. 물론 지구인은 내가 하는 말에 반응하지 않으며 똑같은 구호를 반복해서 외쳤다.

"빛의 신을 위해!"

하지만 나는 이미 그곳에 없었다.

남은 신관들이 반대편에 있는 통로로 빠져나가고 있었다.

동시에 지구인들을 모아 통로 주변에 바리케이드를 세우고 있다. 나는 바리케이드를 가볍게 뛰어넘은 다음, 마지막으로 통로에 들어간 신관의 목덜미를 향해 오른팔을 내밀었다.

'컴팩트 볼을 사용해 볼까?'

생각과 동시에 이미 완성된 컴팩트 볼이 날아가고 있었다. 그것은 지금껏 본 적 없는, 검은색에 마구 요동치는 부정형의 오러 덩어리였다.

그리고 폭발이 일어났다.

콰과과과과과과과과과과과과광!

폭발은 통로를 따라 끝도 없이 뿜어져 나갔다.

검은 힘의 폭발과 작열하는 붉은색의 화염이 마구 뒤섞여 들불처럼 날뛰기 시작했다.

'이건 뭐지?'

덕분에 나는 통로를 향해 진입하려는 것을 멈춰야 했다.

컴팩트 볼은 원래 이런 기술이 아니다.

이토록 광범위한 공간을 따라 끝도 없이 퍼져 나갈 리도 없고, 단 한 방에 이런 광범위한 공간이 뒤흔들릴 만큼 강력한 위력을 가진 것도 아니다.

전부 죽였다.

선두의 신관들이 어디까지 도망쳤는지는 몰라도, 모조리 컴팩트 볼의 후폭풍에 휘말리며 죽어버렸다.

나는 띄워놓았던 맵온을 닫으며 천천히 몸을 돌렸다. 그곳에는 막 세뇌에서 풀려난 지구인들의 고통스러운 신음과 절규가 시작되고 있었다.

"으……."

"이건 대체……."

"그만, 제발 그만해!"

나는 자해하려는 지구인에게 몸을 날려 그자의 손목을 움켜쥐었다.

"괜찮습니다. 이제 다 끝났으니 진정하세요."

"으아아아아악!"

그때 또 다른 지구인이 비명을 지르며 죽은 신관의 몸을 짓밟기 시작했다. 나는 금방 그쪽으로 달려가 지구인을 진정시키며 말했다.

"끝났습니다. 다 끝났으니 굳이 이럴 필요 없습니다."

"이 자식이! 이 자식이 날 조종했어! 그리고 그 끔찍한 수련을……."

"다 알고 있습니다. 일단 진정하십시오."

남자는 하반신이 피투성이가 되어 있었다. 나는 시공간의 주머니에서 캔 커피를 꺼내 남자의 손에 쥐어주었다.

"자, 한 잔 드시고 진정하세요."

"커피……."

남자는 손에 쥐어진 캔을 믿을 수 없다는 눈으로 노려보며 중얼거렸다. 나는 곧바로 정신이 불안해 보이는 지구인들 사이를 돌아다니며 지구에서 가져온 커피나 군용 보급품을 나눠주었다.

*　　　*　　　*

"이 마을에서 닷새 동안 기다리고 있었습니다."

박 소위의 비서실장인 마리아가 긴 한숨을 내쉬었다.

"주한 님이 칼날산맥의 일이 끝나면 곧바로 오비탈로 가신다는 연락이 들어와서요. 급하게 준비하고 이동하느라 혼이 다 빠지는 줄 알았습니다."

"확실히 류브의 정보원에게 그렇게 부탁했습니다만……."

마을에는 마리아와 크로니클의 직원은 물론, 함께 온 십여 명의 지구인들이 새롭게 구해낸 지구인들에게 붙어 멘탈 케어를 해주고 있었다.

"…그런데도 여기까지 오신 겁니까? 이렇게 철저히 준비를 해서?"

"네, 주한 님이라면 분명히 떠나기 전에 구해내신 지구인들을 먼저 인계할 거라고 생각했거든요."

"과연……."

"아, 물론 제 생각은 아니에요. 회장님의 판단이십니다. 혹시 모른다고 추가적인 보급품도 잔뜩 가져가라 하셨습니다."

그녀는 빙긋 웃으며 뒤쪽에 쌓아놓은 상자를 가리켰다.

이곳은 칼날산맥에서 가장 가까운 마을로, 박 소위가 최근에 각인사를 보내기 전까지는 텔레포트 게이트조차 없던 벽지 중에 벽지였다.

"제국의 협조가 있어 일이 더 수월했습니다. 이게 모두 주한 님이 류브의 몬스터들을 전부 처리해 주신 덕분입니다."

"그래도 저 사람들을 용케 다시 제국령으로 데려올 생각을 하셨군요."

"지원자를 받았습니다. 다들 옛날 생각이 나는지 정열적으로 지원하더라고요."

마리아는 눈물까지 흘리며 부둥켜안고 있는 지구인들을 보며 안타까운 표정을 지었다. 나는 마리아가 챙겨온 보급품 중에 특히 꿀과 포션류를 시공간의 주머니에 챙기며 말했다.

"아무튼 덕분에 살았습니다. 마침 보급품을 대량으로 써버렸거든요."

"그 주머니는 언제 봐도 신기하네요. 그런데 정말 바로 다른 차원으로 넘어가실 건가요? 뭔가 그쪽에서 해야 할 특별한 일이라도?"

"특별한 일은 아닙니다."

나는 고개를 저으며 빈 상자를 내려놓았다.

"스케라라는 특수한 힘이 있습니다. 오러나 마력 같은 개념인데… 요 며칠 동안 꽤나 많이 소모했습니다."

"그럼 그 스케라를 회복하기 위해서?"

"네, 빠르게 회복하려면 오비탈 차원에 가는 수밖에 없습니다. 일주일이면 바로 돌아올 테니 크게 걱정하실 필요는 없습니다. 박 소위, 아니, 글라시스 회장에게도 그렇게 전해주십시오. 가능하면 규호나 스텔라에게도 말입니다."

"네, 알겠습니다."

마리아는 즉시 고개를 끄덕이며 말했다.

"그런데 그중 한 분에겐 직접 말씀하시는 게 좋을 것 같네요."

"네?"

"스텔라 님도 함께 오셨습니다. 아, 저쪽에 계시네요."

마리아가 가리킨 곳은 마을의 반대편 입구였다. 그곳에는 금발의 긴 머리카락을 가진 여자가 다른 지구인들을 살피며 걸어오고 있었다.

"스텔라!"

나는 그녀의 이름을 소리쳤다. 스텔라는 미소를 지으며 내 쪽을 돌아보았다.

*　　*　　*

우리는 사람이 없는 마을 외곽으로 자리를 옮겼다. 스텔라는 작은 울타리에 걸터앉으며 말했다.

"내가 부탁해서 따라왔어."

"왜?"

"당신이 너무 서두르는 것 같아서. 바로 오비탈로 돌아간다고 했지?"

"구해낸 사람들을 인계만 하고 바로 갈 생각이었어. 지금도 당신 때문에 못 가고 있는 거야."

"스케라를 회복하기 위해서?"

"맞아."

하지만 스텔라에게는 그 이야기를 한 적이 없다. 나는 약간 놀란 표정을 지으며 물었다.

"짐작한 거야? 아니면 뭔가 확신이라도 있었어?"

"확신이 있었지. 그래서 너무 서두르는 것 같다고 말한 거야."

"왜?"

"마지막을 준비하는 것 같아서."

그녀는 짧게 설명했다.

그리고 한동안 침묵이 이어졌다. 나는 한참 만에 한숨을 내쉬며 말했다.

"맞아. 마지막 싸움을 준비해야 해. 스케라는 크게 중요하진 않지만… 그래도 완벽히 채워놓아야지."

"결국 거길 가지 않으면 해결이 안 될 테니까?"

"맞아. 물론 가도 문제지만."

"가서 어떻게 할 건데? 그냥 뒤집어놓고 보이는 대로 해치우려고?"

"그래야 할지도. 확실한 건 가봐야 알겠지."

우린 특정한 명사를 말하지 않고 대화를 이어나갔다.

"거기서 인간이 생존할 수 있을까?"

"나도 그게 걱정이었지. 하지만 상관없어. 누가 뭐래도 나는 확실하게 생존할 수 있으니까."

"어째서?"

"만약에 인간이 생존할 수 없는 공간이면 '우주의 돌'의 힘으로 생존할 수 있게 될 테니까."

"그게 그런 힘을 가지고 있어?"

"응. 이번에 바람의 정령왕의 문제를 해결하다 확실히 알게 됐어."

"그렇구나……."

스텔라는 그리 놀라지 않은 표정으로 놀란 듯 말했다. 나는 그녀의 얼굴을 잠시 바라보다 말했다.

"덕분에 새로운 힘을 얻었어. 오러의 최대치가 800을 넘었거든."

"800? 정말?"

"응. 이걸 봐."

그리고 오러를 발동시켰다. 스텔라는 놀란 눈으로 그것을 바라보았다.

"검은색 오러?"

"맞아. 처음 보지?"

"색만 달라진 게 아니라… 형태도 뭔가 달라. 원래는 솟구치는 느낌인데, 지금은 솟구치면서 동시에 휘감고 있어."

"패턴이 두 종류야. 두 패턴이 섞여 있어서 그래."

"신기해……."

그녀는 손을 뻗어 오러의 경계선을 쓰다듬었다. 나는 행여나 그녀가 다칠까 봐 힘을 조절하며 말했다.

"아직 뭐가 얼마나 더 강해졌는지는 몰라. 확실한 건 기존

에 사용하던 오러 스킬들이 몇 배로 강해졌다는 거야. 그리
고……."

그리고 마나의 흐름을 볼 수 있게 됐다.

덩달아 마나를 근원으로 두고 있는 오러나 마력의 흐름도.

그래서 나는 말을 잇지 못했다. 눈앞에 있는 여자의 몸에서 느껴지는 흐름은 지금까지 내가 보던 그 어떤 것과도 다른 패턴이었다.

스텔라는 고개를 살짝 기울이며 물었다.

"그리고 뭐?"

"아니, 그러니까……."

"아무튼 대단하네. 오러는 일곱 단계뿐이라고 생각했는데… 소드 마스터에도 위 단계가 있던 걸까? 이젠 뭐라고 불러야 해? 슈퍼 소드 마스터? 그랜드 소드 마스터?"

"…슈퍼보다는 그랜드가 낫겠어."

"나도 그래."

그녀는 미소를 지으며 고개를 끄덕였다.

그리고 나는 어쩔 수 없이 나중으로 미뤘던 이야기를 꺼내는 수밖에 없었다.

"그런데 스텔라."

"응?"

"당신에 대해 한 가지 가설이 떠오른 게 있어."

"나?"

"응, 당신."

"나에 대한 무슨 가설?"

"당신이 어째서 그렇게 많은 시간을 반복하며 회귀하게 됐는지. 그리고 어째서 항상 자기 자신의 몸으로 회귀하는지. 어째서 정말로 죽을 것 같은 상황에 잘 휘말리지 않는지에 대한 가설."

처음 그것을 떠올린 것은 오비탈의 스케라 구덩이 속에서 스케라의 초월체와 만났던 순간이었다.

"어째서 항상 회귀의 반지와 만나게 되는지에 대한 가설. 어째서 항상 회귀를 선택하는지에 대한 가설."

"…회귀를 선택하는 게 이상해?"

"처음에는 딱히 이상하다고 생각하지 못했어. 하지만 지금은 확실히 이상해."

"왜?"

"지금 나보고 처음으로 돌아가서 이 모든 것을 다시 하라고 하면……."

나는 잠시 고민하다 긴 한숨을 내쉬었다.

"못 할 거 같아. 아니, 한두 번은 더 할 수 있을지도 몰라. 하지만 그 이상은 무리야. 절대 계속 반복할 수 없어."

"왜?"

"해보니까 알았어. 이걸 영원히 반복하면 분명 미쳐 버릴 거야. 아니면 완전히 다른 사람이 되든가. 그래서 그렇게 간단히 박살 낼 수 있던 거야."

"회귀의 반지를?"

"응."

나는 고개를 끄덕이며 말했다.

"원래는 좀 더 나중에 말하려고 했어. 마지막으로 오비탈에 다녀온 다음에. 마지막으로 그쪽으로 떠나기 전에. 그런데 어쩌다 보니… 지금 말하게 됐네."

스텔라는 더 이상 말을 하지 않았다. 그저 말없이 날 마주 볼 뿐이었다.

나는 그녀의 얼굴을 바라보며 한참 만에 말했다.

"스텔라."

"……."

"스텔라."

"……."

"스텔라……."

나는 그녀의 이름을 세 번이나 말한 다음에 겨우 본론을 꺼낼 수 있었다.

"그러니까 스텔라, 당신도 초월체였던 거야."

• 108장 •

아주 오래전 이야기

"왜 그렇게 되는 거야?"

스텔라는 한참 만에 물었다. 나는 그동안 생각했던 것들을 천천히 설명했다.

"오비탈 차원에서 스케라의 초월체가 이야기했어. 모든 초월체는 원래 보이디아 차원의 인간이었다고."

"그런데?"

"그런데 탈출했다고 하더라. 생존하기 위해서. 총 일곱의 초월체가 탈출했다고 했어. 하나는 오비탈 차원에 머무른 자신이고, 다섯은 레비그라스 차원에 머물렀다고 해. 레비그라스의 다섯 신이지. 그리고 마지막 하나는 지구에 도착했다고 했어."

"지구……."

스텔라의 표정이 순간 묘해졌다.

뭔가가 생각났지만, 정작 그게 무엇인지 확실히는 모르겠다는 얼굴이다.

"그래서, 그게 나라는 거야?"

"아니."

"아니야?"

"이것만으로 결론을 내릴 수는 없다는 뜻의 '아니'야. 중요한 건 보이디아를 탈출한 초월체가 모두 일곱이고, 그중 하나가 지구로 향했다는 거야. 그리고 오비탈의 초월체는 이런 말을 했고."

나는 헛기침을 한 다음, 말을 이었다.

"하고 싶은 걸 해라. 그것으로 충분하다. 너는 막내가 선택한 인간이니까."

"뭐?"

"그렇게 말했어. 내가 앞으로 뭘 어떻게 하냐고 물어봤을 때."

"아……."

"처음엔 '막내'가 그냥 레비그라스스의 다른 초월체라고 생각했어. 나는 레비를 제외한 초월체들에게 선택받았으니까. 실제로 초월체들도 내게 하고 싶은 일을 하라고 했고. 하지만 정말로 지구로 향한 일곱 번째 초월체가 있고, 그 초월체가 선택한 인간이 바로 나라면……."

나는 스텔라를 마주 보며 말했다.

"지구에서 나를 선택한 건 너밖에 없잖아? 네가 초월체든 아니든 간에."

스텔라는 대답하지 않았다.

하지만 뭔가를 좀 더 떠올린 듯한 표정이었다. 나는 계속해서 단서를 설명했다.

"그리고 직접 말했잖아. 자긴 어지간해선 죽을 상황에 직면하지 않는다고. 평범한 인간이라면 그전에 그냥 죽었을 거야. 수천 번 회귀하기 전에."

"……."

"애당초 수천 번 이상 회귀를 반복하는 것 자체가 인간이 할 수 있는 일이 아니야. 당장 나만 해도 그런 건 못 해. 결국 회귀의 반지를 쓰지 않거나 박살 내버릴 거야."

"…실제로 박살 냈고."

"인간 중에서는 나름 손에 꼽을 만큼 정신력을 가지고 있는데도 말이지."

나는 한쪽 어깨를 으쓱였다.

"그리고 너는 언제나 회귀의 반지와 만나게 된다고 했어. 레비그라스에서 만나든, 지구에서 만나든. 결국 다른 초월체들과 접점이 있는 거야."

"……."

"그래서 너도 초월체거나, 혹은 초월체와 비슷한 뭔가가 아닐까 생각했어. 방금 전까지는. 그리고 지금은 확신해."

"어째서?"

"난 이제 마나의 흐름이 보여. 오러가 검은색으로 바뀐 이후로. 오러나 마력의 흐름도 보이고."

"하지만 내 오러는 평범해. 마력도 마찬가지고. 당신에 비할 바가 아니야."

"맞아. 하지만 중요한 차이가 있어."

나는 양손을 모았다가 다시 펼쳐 보였다.

"당신은 마나를 흡수하지 않아."

"뭐?"

"오히려 방출하고 있어. 많은 양은 아니지만… 몸에서 마나를 생산하고, 그중 일부를 오러와 마력으로 변환해. 변환하지 못한 건 그냥 밖으로 내보내고. 평범한 인간이 몸에서 마나를 생산할 리 없잖아?"

그것이 결정타였다. 내게도, 스텔라에게도.

"……."

스텔라는 천천히 고개를 떨어뜨렸다. 그리고 우울한 얼굴로 땅바닥을 바라보았다.

감추고 있던 진실을 들켜 버렸기 때문일까?

아니면 그녀 스스로도 잊고 있던 기억을 떠올렸기 때문일까?

나는 기다렸다. 그녀 스스로가 답을 밝혀주기를.

"…초월체는 아니야."

그녀는 한참 만에 대답했다.

"적어도 당신이 알고 있는 그런 초월체는 아니야. 하지만……."

"하지만?"

스텔라는 한숨을 내쉬며 고개를 저었다.

"마치 꿈같았어. 너무 오래전 일이라. 하지만 꿈이 아니겠지. 물론 꿈이나 다를 바 없는 이야기지만."

그녀는 웃었다. 그리고 오래전에 꾸었던 꿈같은 이야기를 털어놓기 시작했다.

* * *

보이디아 역시 처음에는 인간들이 살고 있는 행성이었다.

기나긴 야만의 시대가 있었고, 점차 문명이 자리 잡기 시작했으며, 일단 자리 잡은 이후로는 폭발적인 과학의 발전이 있었다.

그리고 어느 시점에서 차원과 본질, 특수한 에너지에 대한 연구가 시작됐다.

이는 평범한 과학으로는 감당할 수 없는 문제라, 그 이상을 다루는 특별한 재능의 선구자를 필요로 했다.

그리고 시대가 그들을 기다렸다는 듯, 거의 같은 세기에 여덟 명의 선구자가 태어났다.

그들은 서로 다른 문화권에서 태어났다.

하지만 금방 서로를 인식하고 친해질 수 있었다. 오직 그들만이 본질에 대해 연구하고, 그 힘을 현실 세계에 끌어낼 수 있었기 때문이다.

처음에는 느렸다.

하지만 여덟 명이 한자리에 모이자 연구는 빠르게 발전했다. 그들은 곧 자신들이 특별한 본질, 그 자체와 융합된 특별한 존재가 될 수 있다는 가능성을 발견했다.

즉, 인간을 초월하는 것이다.

본질은 그들의 생각보다 무수히 많고 다양했다.

빛과 어둠 같은 간단명료한 본질은 물론, 조화, 운명, 번영, 문명과 같은 '인간의 개념'이 포함된 관념적인 본질 또한 많았다.

당연히 좋은 것만 있는 것도 아니었다.

공허, 분노, 파괴, 망각, 증오, 저주…….

상상할 수 있는 모든 부정적인 개념 또한 그들이 발견한 무수히 많은 본질 중에 하나였다.

하지만 좋은 것을 고를 수는 없었다.

고를 수 있는 것은 부정적인 것들뿐이었다. 부정적인 본질들은 오히려 인간과 융합되길 바라는 듯했다.

반대로 좋은 본질과 융합하기 위해서는 운이 필요했다. 그들이 만든 특별한 장치에 들어간 다음, 본질을 선택하지 않고 그저 운에 맡기는 것이다.

그렇게 하면 이론적으로 그들이 발견한 모든 본질 중에 하나와 무작위로 융합하게 된다.

그래서 그들은 쉽게 융합을 시도하지 못했다.

아무리 인간을 초월할 수 있다 해도, 그것이 살아 있는 모든 것을 증오하는 '저주'의 존재라면 대체 무슨 소용이 있단 말인가?

아무리 50%의 확률로 위대한 초월체가 될 수 있다 해도, 50%의 확률로 끔찍한 초월체가 된다면 의미가 없다.

그래서 비극이 시작됐다.

여덟 명의 선구자 중에 일곱 명은 서로 친했고, 한 명은 조금 특이했다.

물론 그들 모두가 범상치 않은 인간이었다. 다만 마지막 한 명은 선천적으로 타인과의 교류에 어려움을 느끼는 타입이었다.

그리고 일곱 명 중에 한 명이 의견을 제시했다.

문제의 한 명에게 부정적인 모든 본질을 몰아 융합시키자고.

본인이 직접 원하기만 한다면, 부정적인 본질들은 얼마든지 인간과 융합하려 할 것이다.

그렇게 한 명에 모든 부정을 몰아넣으면, 이후엔 무작위로 융합한다 해도 좋은 것만 남아 있으니 상관없다.

의견을 낸 선구자를 포함해, 다섯 명이 여기에 찬성했다.

한 명은 중립을 지켰다.

그리고 한 명은 반대했다. 그는 가장 나이가 어렸기 때문에 '막내'라 불렀다.

하지만 막내의 반대에도 일은 진행됐다. 의견을 낸 제안자는 세뇌 장치를 만들어 특이한 선구자를 세뇌한 다음, 스스로 모든 부정적인 본질과 융합하도록 유도했다.

그렇게 모든 장벽이 사라졌다.

찬성한 다섯 명은 곧바로 남아 있는 본질과의 융합을 시도했다.

덕분에 모두가 웅장하고, 아름답고, 그럴듯한 의미를 가진 초월체가 되었다.

중립을 지켰던 선구자 역시, 얼마 지나지 않아 본질과의 융합을 선택했다.

막내는 끝내 거절했다.

그것은 특이한 선구자를 희생시킨 자들에 대한 저항의 표시였다. 하지만 이미 초월체가 된 선구자들은 이것을 배신으로 간주했고, 결국 자신들의 힘을 사용해 억지로 막내를 융합기에 집어넣었다.

그렇게 일곱의 초월체와 하나의 끔찍한 초월체가 탄생했다.

그것은 극한의 부정체(不正體)로, 일종의 절대악이었다.

물론 대책은 있었다. 선구자들은 미리 장치를 개발해, 그곳에 부정체를 넣고 완벽히 봉인해 버렸다.

그들은 이 장치에 '신'조차 가둬둘 수 있다고 자신했다.

물론 어리석은 자만이었다.

시간이 지나자 부정체는 자신을 가둔 특수한 큐브를 그 자체로 잠식하기 시작했다.

그리고 재앙이 시작됐다.

부정체 그 자체가 된 큐브는 모든 부정이 융합된 검은 기운을 뿜어내기 시작했다. 덕분에 끝없는 번영을 구가하던 보이디아 차원은 점점 쇠락하기 시작했다.

그것은 다른 초월체들이 막을 수 없는 힘이었다.

초월체는 서로가 가진 본질에 간섭할 수 없었다. 그들이 할 수 있는 거라곤, 자신들이 가진 본질을 활용해 인간들을 더 강하게 만들고 숭배받는 것뿐이었다.

하지만 인간이 없었다.

보이디아 차원의 인간들은 이미 대부분이 부정에 오염되어 죽거나 변질되어 버렸다.

결국 초월체들은 보이디아를 버리고, 인간이 존재하는 다른 차원을 탐색하기 시작했다.

찬성했던 다섯은 레비그라스를 선택했고, 중립을 지켰던 하나는 오비탈을 선택했으며, 반대했던 하나는 지구를 선택했다.

그들의 일차적인 목표는 자신들의 차원을 발전시켜 언젠가 시작될 부정체의 침략에 대비하는 것이었다.

그것을 위해서는 먼저 인간의 몸에 '항체'를 심어야 했다. 부정체의 오염에 맞서, 인간들이 쉽게 변질되어 적으로 돌변하는 일을 막기 위해서였다.

* * *

"…하지만 나는 포기했던 거 같아."

스텔라는 무표정한 얼굴로 말을 이었다.

"처음부터 초월체가 되고 싶지도 않았어. 우리가 보이드에게 한 짓을 용서할 수도 없었거든."

"그 특이한 선구자의 이름이 보이드야?"

"응. 그런 의미였던 것 같아. 확실하진 않지만."

스텔라는 기억이 불분명한 듯, 한참 동안 고개를 갸웃거리며 고민했다.

"그래서 가지고 있던 힘을 포기했어."

"그걸 포기할 수도 있는 거야?"

"그냥 해방시키면 됐던 거 같아. 그렇게 하면 세상의 그 힘이 좀 더 강해지고, 초월체는 소멸해."

"하지만 소멸하지 않았잖아?"

"소멸한 거나 마찬가지야."

스텔라는 자신의 몸을 양팔로 안으며 말했다.

"문득 정신을 차려보니 인간들 사이에 섞여 있었어. 실제로 인간과 거의 똑같았고. 어지간하면 죽을 일에 휘말리지 않았지만… 가끔 죽기도 했고. 그리고 정신을 차리면 다시 나였어. 시간은 몇 십 년이나 몇 백 년이 지나 있었지만."

"환생… 했다는 건가?"

"일단 한 번은 초월체였던 몸이니까."

그녀는 웃으며 한쪽 어깨를 으쓱였다.

"하지만 별로 특별할 건 없어. 몸에서 마나가 나온다고 하지만… 별로 많은 것 같진 않고. 그렇지?"

"응. 딱히 많은 양은 아니야."

나는 고개를 끄덕였다. 스텔라는 멀리서 대화를 나누고 있는 지구인들을 보며 말했다.

"하지만 내가 말한 게 진실인지는 나도 모르겠어."

"뭐? 왜?"

"너무 오래전의 일이라서. 현실적인 시간으로도 수천 년 이상이고… 최근에 회귀를 반복했던 시간을 합치면 수만 년 이상일지도 몰라."

그녀는 손가락으로 자신의 머리를 가볍게 두드렸다.

"너무 오래 살아서 기억이 완전하지 않아. 특히 보이디아에 인간으로 살았던 기억은… 진짜 중요한 거 몇 개만 빼고는 아무것도 모르겠어. 중간에 변질되었을 수도 있고, 전혀 다른 기억과 또 다른 기억이 합쳐졌을 수도 있어."

"기억은 원래 다 그런 거야."

나는 가볍게 말했다. 그녀는 슬픈 듯 웃으며 내 쪽을 바라보았다.

"어쩌면 이 모든 게 내가 쌓아온 특별한 망상일 수도 있어."

"그럴지도. 하지만 어느 쪽이든 상관없어."

"망상이라도 상관없다고?"

"아니. 네가 초월체였든, 그렇지 않았든 상관없다고."

나는 고개를 저으며 웃었다.

"망상은 아니야. 스케라의 초월체가 했던 이야기라든가… 내가 겪었던 일들을 종합해 보면, 오히려 중요한 정보를 알게 됐어."

"어떤 정보?"

"그러니까……."

나는 잠시 고민하다 겨우 말했다.

"내가 보이디아 차원에 가서 대체 뭘 해야 할지에 대한 정보."

그렇다.

결국 나는 보이디아 차원을 가야 한다.

이미 레비그라스에는 공허 합성체들이 출몰하기 시작했고,

출몰하는 간격이 점점 더 빨라지고 있다.

이러다 최상급 공허 합성체가 소환되고, 그런 녀석들이 수십 마리씩 계속 나오면 답이 없다.

'물론 잡는 건 가능할지도 모른다. 내가 더 강해졌으니까.'

하지만 잡는다고 일이 해결되는 건 아니다. 녀석들이 내뿜는 검은 기운만으로도 레비그라스는 회복이 불가능할 만큼 오염될 테니까.

지구처럼.

"그래서 오비탈 차원에 가려는 거구나. 마지막으로 채울 수 있는 힘을 다 채우고 가려고."

"응. 스케라는 다른 차원에서는 회복시킬 수가 없어."

"그 반지로도 안 돼?"

스텔라는 내가 끼고 있는 세 개의 반지를 가리켰다. 나는 한숨을 내쉬며 고개를 끄덕였다.

"여기 충전되어 있는 스케라는 다른 형태의 힘으로밖에 변환할 수가 없어. 반대로 다른 힘으로 충전해도 스케라의 형태로 충전되고. 결국 내 몸에서 소모된 스케라는 회복이 안 돼."

"그럼 결국 오러나 마력의 창고인 셈이구나."

"맞아. 차라리 텅 비어 있었다면 이번에 풍혈의 근원에서 조금이라도 도움이 됐을 텐데……."

그래 봤자 반지 하나당 704의 스케라를 충전하면 끝이다.

50%의 변환 효율을 생각하면, 결국 4천이 약간 넘는 오러를 소모할 뿐이었다.

구덩이 속에서 내가 허공에 날린 오러가 대체 얼마나 될까? 십만? 아니, 백만?

'그러고 보니 반지를 계속 충전시키고 다시 내 오러를 충전시키는 식으로 소모하는 방법도 있었겠군. 물론 할 때마다 정신이 아찔해지는 부작용이 있겠지만……'

나는 반지의 스케라를 통해 대량의 마력을 한 번에 회복시켰던 기억을 떠올렸다. 그 짓을 수천 번 반복한다고 생각하자 정말로 머리가 아찔해지는 기분이었다.

물론 이제 와선 아무래도 상관없는 이야기다. 나는 스텔라의 어깨를 가볍게 안으며 말했다.

"아무튼 한 번은 다녀와야 해. 마지막 싸움을 하기 전에. 금방 돌아올 테니 걱정하지 마."

"하지만 보이디아는?"

그녀는 내 이마에 자신의 이마를 붙이며 물었다.

"보이디아 차원엔 어떻게 갈 거야? 방법이 있어?"

"물론 전이의 각인으로 넘어가야지."

"그건 한 번 가본 차원만 갈 수 있다며?"

"상급 때는 그랬어. 하지만 최상급은 다를 거야."

"어떻게 알아?"

"안 그러면 레빈슨이 어떻게 오비탈 차원에 갔겠어?"

나는 어깨를 으쓱이며 말했다.

"분명 최상급 전이는 가보지 않은 차원이라도 갈 수 있게 해주는 능력이 있을 거야."

"만약 그렇지 않으면? 레빈슨은 레비의 축복을 받고 있어서 특별히 가능했을지도 모르잖아?"

"그럼 또 방법이 있어."

"닷새 전에는 직접 몬스터가 나오는 걸 봤어. 검은 회오리 같은 게 열리면서 그 틈으로 비집고 나오더라."

나는 엑페에게 직접 들었던 이야기를 떠올렸다.

"우주 괴수가 나타날 때 검은 회오리 같은 게 열린대. 일종의 차원의 통로겠지. 기다렸다가 그 순간을 노려서 반대편으로 넘어가면 되지 않을까?"

"그렇구나……."

스텔라는 어쩐지 풀이 죽은 얼굴로 고개를 끄덕였다.

"어쨌든 가긴 가야겠지, 보이디아 차원에. 그럼 가서 어떻게 할 거야?"

"처음에는 거기 존재하는 모든 우주 괴수를 미리 해치울 생각이었지. 한 놈도 남김없이. 그럼 다른 차원으로 보내서 오염시킬 수가 없을 테니까."

그러자 스텔라가 피식 웃었다.

"그건 좀 어렵지 않을까? 아무리 네가 강해졌어도."

"왜?"

"기억이 흐릿하긴 하지만… 멸망하기 전에 보이디아의 인구가 10억쯤 됐던 거 같거든."

"10억?"

"응. 그중에 절반… 아니, 30퍼센트 정도는 우주 괴수로 변했을 거야."

"그럼 3억?"

"어쩌면."

나는 온 세상에서 몰려오는 수억 마리의 우주 괴수를 상상하며 몸을 떨었다.

"그건 좀……."

"어렵겠지?"

스텔라는 빙긋 웃었다.

"물론 까마득한 예전의 일이니까 지금은 어떻게 되어 있을지 아무도 몰라. 어쩌면 내 기억이 잘못됐을 수도 있고."

"그래도 엄청 많긴 하겠군. 결국 근본적인 문제를 해결하려면……."

나는 잠시 생각하다 물었다.

"그 부정체를 해치우면 모든 게 해결될까?"

"부정체는 파괴할 수 없어."

스텔라는 무표정한 얼굴로 고개를 저었다.

"그건 본질이니까. 레비가 아무리 짜증 난다고 레비를 죽일 수 없는 것과 마찬가지야. 그러니까 대신 성물을 파괴해야 해."

"성물을 파괴하면 이 모든 현상이 멈춘다?"

"적어도 세상에 직접적으로 간섭하진 못하겠지."

하지만 확신하는 얼굴은 아니었다. 그녀는 내 허리춤으로 손을 뻗어 시공간의 주머니를 집어 들며 말했다.

"이 주머니는 우리가 만든 거야."

"선구자 말이지?"

"응. 안에 들은 성물도 우리가 만들었어. 그리고 이걸 활용해서 만든 게 큐브야. 신조차 빠져나올 수 없는 봉인 장치."

"그럼 큐브 속에 보이드의 성물이 있다?"

"…정확히 뭐였는지는 잘 모르겠지만."

스텔라는 애매한 얼굴로 고개를 끄덕였다.

그러고는 고개를 숙이며 입을 다물었다.

과거에 선구자 한 명을 희생시켰던 기억이 떠오른 걸까? 그녀는 끝없는 시간이 지난 지금에도, 자신이 그걸 막지 못했다는 죄책감에 시달리고 있었다.

나는 급하게 화제를 돌렸다.

"그런데 스텔라."

"…응?"

"당신은 무슨 초월체였어? 지금은 아니라도 한때는 초월체였지? 어떤 본질과 융합한 초월체였어?"

"나는……."

그녀는 한참 동안 고민하다 겨우 입을 열었다.

"무기… 였던 거 같아."

"무기?"

"딱 잘라 무기는 아니지만… 저항하는 힘? 투쟁하는 힘? 그걸 위한 도구나 의지, 수단 같은 거. 보이디아에는 그런 개념을 종합한 단어가 있었어. 이젠 없지만."

"다른 초월체와는 뭔가 다른데?"

"내가 그 본질을 포기해서 그래. 안 그랬으면 지구에도 그런 것들을 하나로 통합하는 단어가 있었을 거야."

아마도 그런 이름을 가진 '신'이 존재했을 것이다. 스텔라는 지금 내 표정을 흉내 내며 쓴웃음을 지었다.

"지금 그런 생각 했지? 그래서 인간들이 그렇게 서로 싸워대고 끝도 없이 전쟁을 일으켰다고? 내가 그 힘을 지구에 그냥 해방시켜 버려서?"

"아니. 그런 생각 안 했어."

나는 고개를 저으며 되물었다.

"하지만 정말 그런 거야?"

"그렇지 않아. 레비가 사라진다고 세상에 빛이 사라지는 건 아니야. 우린 그냥 그런 본질과 융합한 존재니까……."

그녀는 잠시 고민하다 말했다.

"물론 약간은 관련이 있을지도 몰라. 지구의 인간들에게 그런 본질이 약간 더 강해졌을 수도 있어."

"스케라의 초월체는 지구인을 그냥 무기라고 말했어."

나는 스케라의 구덩이 속에서 초월체와 만났던 기억을 떠올렸다.

"사용하는 자의 의지에 좌우되는 무기라고. 어쩌면 같은 의미인지도 모르겠네. 보이디아와의 전쟁을 승리로 이끌 무기가 될 수도 있지만, 반대로 보이디아의 무기가 되어 다른 차원을 전부 오염시키는 무기가 될지도 모르니까."

그 때문에 레비가 그토록 지구인들을 멸종시키려 한 것이다.

어쩌면 다른 초월체들이 스텔라를 도구로 활용한 것도 같은 맥락일지도 모른다.

스텔라는 레비를 제외한 다른 초월체들의 의지에 따라, 끝도 없는 시간을 회귀하며 무기를 찾아내는 일을 반복했던 것이다.

나는 그 이야기를 조심스럽게 스텔라에게 전했다. 스텔라는 그녀답지 않게 눈을 크게 뜨며 한동안 당황했다.

"정말 그런 걸까? 나는 지구인을 구하기 위해서가 아니라… 보이디아와 싸울 무기를 찾아서 계속 같은 일을 반복했던 거야?"

"그게 그거니까. 결국 같은 의미잖아?"

"주한 님! 스텔라 님!"

그때 마리아가 손을 들고 달려왔다.

"저희들은 이제 곧 떠나려고 하거든요! 서두르지 않으면 사흘 안에 뱅가드로 돌아갈 수가 없어서… 두 분은 어떻게 하실 건가요?"

"저 때문에 너무 지체했군요."

나는 울타리에서 몸을 일으키며 스텔라를 돌아보았다.

"그만 가봐, 스텔라. 나는 여기 있다가 오비탈로 넘어갈게."

"혹시… 며칠만 더 있다가 넘어가면 안 될까?"

그녀는 내 손을 붙잡았다.

"일단 뱅가드로 돌아가자. 거기서 오랜만에 박 소위와 규호 얼굴도 보고. 아, 그러고 보니 규호는 지금 젠투의 대신전에 있지만……."

"스텔라."

나는 그녀의 몸을 가볍게 안으며 말했다.

"지금 바로 보이디아로 넘어가는 게 아니야. 내가 가는 곳은 오비탈이라고."

"……."

"가면 스케라만 회복하고 바로 돌아올 거야. 원래는 다시 각인을 쓸 때까지 일주일이 걸리지만… 지금은 상급이 아니라 최상급이니까 대기 시간이 더 짧아졌을 수도 있어."

"하지만……."

"어쩌면 닷새나 사흘 안에 돌아올 수도. 그러니까 걱정 마. 빨리 다녀올 테니까. 내가 하루 지체할수록 레비그라스가 하루 더 오염돼. 엑페 님도 결국 한계가 올 테고. 그 전에 이 모든 일을 끝내야 해."

그러자 스텔라가 나를 더 꽉 안았다.

솔직히 놀랐다.

실제로 인간이든 초월체든 간에, 지금까지 보아온 그녀는 이런 식으로 감정을 드러내는 타입이 아니었다.

하지만 지금은 다르다. 내가 그녀의 오랜 기억을 깨웠기 때문일까? 아니면 무언가 본능적인 위협을 느낀 걸까?

"저기… 한 30분 정도는 늦게 떠나도 상관없긴 한데, 어떻게 할까요?"

옆에 서 있던 마리아가 눈을 반짝이며 물었다. 스텔라는 그제야 포옹을 풀며 한 발 옆으로 물러났다.

"잘 다녀와, 주한. 무사히 다녀오길 기원할게."

"고마워. 그런데 궁금한 게 있는데 말이야."

"응?"

"보이디아 차원에 가면, 그 '큐브'란 걸 어떻게 찾아야 해? 물론 오비탈에 다녀와서 말해줘도 되지만……."

"찾을 필요 없어."

스텔라는 고개를 저으며 말했다.

"그냥 가보면 알아. 정말 거대하거든."

"거대하다니… 아무리 커도 별의 반대편에 있으면 볼 수 없잖아? 피라미드가 아무리 커도 뉴욕에서 보이겠어?"

"그런 게 아니야."

스텔라는 미소를 지었다.

"그냥 알 수 있어. 자세한 건 돌아오면 이야기해 줄게. 그럼……."

그러고는 손을 흔들며 말없이 몸을 돌렸다. 나는 마리아와 함께 걸어가는 그녀의 등을 보며 눈살을 찌푸렸다.

'대체 얼마나 크기에… 찾을 필요가 없다는 거지?'

* * *

이 세상에 그런 건 존재하지 않는다.

굳이 하나 있다면 달일 것이다. 밤이 되면 무조건 찾을 수 있으니까.

* * *

얼마나 시간이 지났을까, 나는 모두가 떠난 텅 빈 마을에서 각인 능력을 발동시켰다.

'최상급 전이의 각인!'

동시에 눈앞에 새로운 문장이 떠올랐다.

[최상급 전이의 각인은 모두 세 종류가 있습니다.]
[전이의 각인(최상급)]
[대규모 강제 소환]
[차원의 문]

순간적으로 차원의 문을 써볼까 하는 생각이 들었다.
하지만 지금은 확실하게 안전한 것을 선택할 때였다. 괜히 모험을 했다가 일주일 동안 각인을 못 쓰게 되면?
'이제 와서 스텔라의 뒤를 쫓아가면 진짜 웃기겠군.'
나는 피식 웃으며 직접 입으로 말했다.
"그냥 전이의 각인."
그러자 새로운 문장이 떠올랐다.

[이동할 목표를 떠올려 주십시오.]

나는 곧바로 지하에 있는 올더 랜드를 떠올렸다. 그러자 즉시 문장이 변경되었다.

[목표는 오비탈 차원으로 설정됐습니다. 현재 위치한 레비그라스와 다른 차원이므로, 대상이 오비탈 차원과 접촉한 자가

아니면 전이가 불가능합니다.]

'최상급으로도 안 가본 곳은 갈 수 없는 건가?'

살짝 불안감이 느껴진다. 하지만 당장 중요한 건 아니다. 결국 방법이 있을 테니 지금 미리 걱정할 필요는 없다.

동시에 오른팔에서 각인의 힘이 느껴졌다. 나는 오른 손바닥을 내 쪽으로 향하며 즉시 광선을 쏘아냈다.

전이의 광선을.

그러자 눈앞에 황량한 사막의 풍경이 어렴풋이 떠올랐다. 나는 몰아치는 스케라 폭풍을 떠올리며 고개를 끄덕였다.

*　　*　　*

나는 맹렬한 폭음에 정신을 차렸다.

콰과과과과과과과과과과과과과광!

동시에 지진이라도 난 것처럼 온 세상이 흔들렸다. 나는 반사적으로 오러를 발동시키며 몸을 일으켰다.

'이건 뭐지?'

내가 서 있는 곳은 크론톰 지방의 황량한 사막 한가운데가 아니었다.

그렇다고 지하에 있는 올더 랜드도 아니었다.

내가 쓰러져 있던 곳은 말 그대로 높디높은 빌딩 숲의 한가운데였다.

하늘에는 수백 대의 비행 물체가 엄청난 속도로 날아다니며 지상에 있는 무언가를 향해 빔과 미사일을 쏟아붓고 있다.

콰과과과과과과과과과과광!

콰과과과과과과광!

콰과과과과과과과과과과과과광!

또다시 천지를 진동하는 폭음과 함께 땅이 흔들렸다.

이것은 너무도 익숙한 느낌이었다.

전쟁.

인류가 귀환자들을 상대로 시가전을 벌이던 전쟁이다. 주변의 빌딩이나 비행 물체의 형태로 볼 때 다행히 지구는 아니었지만, 어쨌든 여기서 대규모의 전투가 벌어지고 있다는 것은 확실했다.

나는 근처에 있던 빌딩의 벽을 타고 옥상으로 뛰어올랐다.

그렇게 높은 곳에서 내려다보자 겨우 전투의 진상이 파악됐다.

"우주 괴수……."

나는 입술을 깨물었다.

거대한 도시의 한복판에 수십 마리는 될 법한 공허 합성체들이 난동을 부리고 있었다.

나는 즉시 맵온을 열어 내가 서 있는 곳을 확인했다.

'오비탈 차원은 맞는데… 루나하이 시티? 루나하이의 수도라고? 왜 올더 랜드가 아니라? 그리고 우주 괴수들은 왜 나타난 거지?'

『리턴 마스터』 12권에 계속…